# 京都的早市

［日］吉田庆子 主编

京都の朝市

華中科技大學出版社
http://www.hustp.com
中国·武汉

**图书在版编目（CIP）数据**

京都的早市 /（日）吉田庆子主编. -- 武汉：华中科技大学出版社，2022.5

ISBN 978-7-5680-8132-0

Ⅰ. ①京… Ⅱ. ①吉… Ⅲ. ①散文集－日本－近现代 Ⅳ. ①I313.64

中国版本图书馆CIP数据核字（2022）第055584号

**京都的早市**

Jingdu de Zaoshi

［日］吉田庆子　主编

**策划编辑：** 郭善珊
**责任编辑：** 李　静
**封面设计：** 伊　宁
**责任校对：** 李　琴
**责任监印：** 朱　玢
**出版发行：** 华中科技大学出版社（中国 · 武汉）　电话：（027）81321913
武汉市东湖新技术开发区华工科技园　邮编：430223
**录　　排：** 北京欣怡文化有限公司
**印　　刷：** 湖北新华印务有限公司
**开　　本：** 787mm × 1092mm　1/32
**印　　张：** 6.25
**字　　数：** 101千字
**版　　次：** 2022年5月第1版第1次印刷
**定　　价：** 45.00元

华中出版

本书若有印装质量问题，请向出版社营销中心调换
全国免费服务热线：400–6679–118，竭诚为您服务

# 目录

# 京都的早市

柳宗悦

柳宗悦（1889—1961），日本著名民艺理论家、美学家、哲学家和思想家。1936年创办日本民艺馆并任首任馆长，1943年任日本民艺协会首任会长。1957年获日本政府授予的“文化功劳者”荣誉称号。他是日语“民艺”一词的创造者，被誉为“民艺之父”。

我从大正结束到昭和八年的九年间都住在京都，现在回想起来，应该多放点心思在这古都以及周边文化遗迹上才对。富有历史渊源的寺庙就不用说了，那些周边聚落的生活样貌也应该多去关心才是。我还忽略了很多古都中至今仍代代相传的手工艺工房，应该一一拜访了解其技术工程且细细品味其作品，毕竟这些地方秉承了很多古老的传统。虽说以前多少逛过一些，但也只是走马观花，当时应该更积极增广自己的见闻才是。现在回想起来，实在是让人觉得可惜。

当然我也不是一味地闲散度日虚掷光阴。住在京都那段时间，曾有不少东西深深地吸引着我，早市就是其中之一，令我受益匪浅。当时是有位叫河景宽次的前辈带我入的门。

所谓的早市，就是在一个月中决定好时间地点，在早上六点左右就开始的市集。从旧衣到残缺的梳子，任何你想得到的东西这里都有，而且不只一个地方有，弘法市集、天神市集、坛王市集、淡岛市集、北滨市集都有，这样在不同日子不同地方各自开市。若想一个不剩地全逛一遍的话，别被吓到，前前后后算起来，据说一个月里少说得有二十来天去逛。其中，最大的早市是每月二十一日举行的弘法市集，也就是东寺的市集，其寺院空间虽大，却也被成堆的商品搞得寸步难行。而与其堪称双璧的是每月二十五日的天神市集，简单地说，就是将北野天神神社内外挤得水泄不通的大型市集。

应有尽有的早市对我们来说有着极大的吸引力，特别是因为它出现在大正即将结束的时期，也是最美好的年代已经结束之后。若是在大正早期，又或是在更早的明治时期的话，摆在摊位上的想必都是些珍品吧。随着时代渐进，商品日益衰落，我们常听到商人念叨着：“最近几年，都拿不出什么好东西了。”实际情况也是如此。

但即使如此，去一次总是能够淘到些什么。话说回来，早在五六点左右，那些引颈企盼商品手推车的小道具商人，早把一些能看的东西搜刮走了。而且早上六点出门也不像说得那么容易，我们一般到早市的时候通常都七八点了，市集早聚集了大量有备而来的群众。天气好的话，搞不好还会出现挤得令人动弹不得的盛况。就因为这样，我们老是只能买到别人转手两三次的东西。

所幸，小道具商人与我们看中的东西，似乎有些出入。也正因如此，我们这些姗姗来迟的人，也还能找到一些亮眼的东西。在那些不被人放在眼里、不值钱的商品堆里，好东西意外地一个接着一个。这时的早市虽不比当年，但仍然是令人觉得错过可惜的淘宝场所。所以，只要是稍微有点规模的市集，在无风无雨的好天气里，大伙总是会忠实地去“报到”。

卖家大多是些上了年纪的婆婆，闲着没事刚好做些兼差。由于市集多半早早就结束了，所以客人也都早早地来。我们时不时地逛一下，时间一久便与那些婆婆们熟稔起来，她们也总会为我们留些东西。

顺便提一下，俗话说的“下手”（粗糙）和“下手物”

（粗货），其实都是从这些婆婆们嘴里学来的。实际上，我们买的那些东西，大都是她们嘴里说的“下手物”。第一次听到这种说法感觉相当新奇有趣。相对的也有“上手物”（精品）的说法，从字面上就能清楚地感受到其间的差异。缘于此，吾辈们也觉得这用法挺合适。所谓的“下手物”，就是随处可见的便宜货，指的是一般人常用的锅碗瓢盆杂七杂八的东西——恐怕将这说法记载在书上并说明其含意的我们应为首次。我曾在大正十五年九月发行的《越后 times》上以“下手物之美”为题，发表了一篇文章。

或许是因为这些俗话的语调有些强烈，又带有些猎奇感的关系，所以它的传播速度极为迅速，时至今日已是无人不知无人不晓，就连字典也不得不将其列入。我想最初登载这词的应该是新村出博士编纂的《辞苑》吧！

但随着这些俗话在社会上广泛流传，便衍生出一些与原意无关、莫名其妙或错误的用法，或是抱着好玩的心态四处引用，其语意已经与本来所使用的含义截然不同了，我等的立场因此常常被误解或是被扭曲，以至于发生一些令人困惑的事情。所以，这次我要反其道而行，尽量避免使用俗话，感觉有必要创造新词取而代之，最后终于用“民艺”二字确定下来。然而，“下手”一词仍相当富有趣味，亦有其自由奔放朴素自然之感，如能够正常使用的话，感觉还是相当不错的。

这里插句题外话，在早市里令我们惊叹的俗称为“丹波布”的东西，婆婆们就简单地将之称为“丹波”。之后详查才知道，这是丹波国佐治地方产的一种木棉布，当地称为“缟贯”，以布纹的纬线里掺杂着未经染色的白丝为特色。而令我们惊叹的是其古朴的色调、舒适的质感，以及白丝所散发出的美感，更不用说手工纺的线及草木染的颜色了。而在当时也就只有这种技术，实在是趣味丰富，不禁让人觉得是那些风流名人、文人雅士特别订制的产物。我对这丹波布是一见倾心，只要一发现它的踪迹便情不自禁地大肆收购。

而这丹波布开始出现在京都早市，是因为京坂地区的人们喜欢拿它来做被套，偶尔也会用来做丹前（日式浴袍），但多是用来做被子或是床垫。现在风潮已变，人们便把旧品出清，所以也就能在市集上看到它的身影。普遍的说法是幕府末期明治初期是丹波布最为盛行的时期，不论是丝线的质量还是染布的技法都出类拔萃，若是这东西早早广泛运用，肯定会受到那些文人雅士的青睐，且被使用在提包或服饰上。

其中最特别的是织来当蚊帐用的家伙，由于使用了残线，格外凸显出白丝的美。我曾用它做衬底，裱了几幅大津绘，非常合适。

这丹波布迅速在我们这群人中获得好评，卖东西的婆婆们也开始特地为我们四处寻找货源。现民艺馆（日本民艺馆）所藏平时陈列在橱窗里的，正是那个时候我们在早市上获得的战利品。将来有人想编撰日本棉布史的话，绝不能忽略它的存在与价值。它被赞为新名产制品的日子或许不远了吧。

顺带一提，最近以丹波国冰上郡佐治附近的大灯寺为中心，再次集结了纺布和染布的技师们，他们在一起合作，以期复兴这荒废了半个世纪以上的技法。

当然，我在这早市中所获得的战利品，不仅仅有这丹波布，我还买到了不少不错的和服，比新东西更结实、更上等的非常之多。三十年后的今天有的还能使用，这全归功于当时的做工好，或许更该归功于制作者的用心制造。

然而，不只和服，我还四处收集了许多裂织（碎布织的拼布）。由于当时它们就是以脏兮兮的状态被拿出来卖的，拿回家里时，妻子嫌它们脏，说搞不好是病人用过的东西。想到此话有理，而且我们也有点受不了那味道，吉田璋也医生也担心，最终对它们进行了强制消毒，这样家里人的担心才终于消除。这些织品现在全成了民艺馆的馆藏了。

由于早市上从南北杂货到生活五金什么都卖，不光是织品、陶器、漆器、金属器皿、木竹手工品等，各式各样吸引人目光的东西层出不穷，物美价廉就更不用说了。也因为早市的关系，我加深了对丹波陶器的了解。许多人都说今非昔比，现在的早市令人感兴趣的东西越来越少了，即使如此，我等的心神仍为其所牵引，只因我等期待着那令人怦然心动的邂逅。

一般来讲，在早市上不会出现像样、有名气的商品，因此也不需要太多背景知识来辨别，正因如此谁都能够自由地、不受拘束地去选择商品。这正是它最吸引人之处。在那里知识都是多余的。不用多想发挥直觉即可，如此一来自然而然就能找到想要的东西了。

民艺馆里经常摆饰着全绿釉的大钵，那也是早市的收获。当天较平常稍晚，我在九点左右出的门。那天弘法市集里宽阔的寺院内被遍地的商品搞得人举步维艰。时间已晚，人潮也逐渐散去，此时我不经意间发现，在那草席上有只大钵绽放出耀眼灿烂的光辉。我一惊，立即询价，竟只需要两块钱。那是昭和四年的事了。我不管三七二十一决定买了再说，于是对方用草绳将它扎了起来交给我。

令人费解的是，当天一大早就挤进了成百上千的人，尤其是那些小商人，他们有着如鹰般的锐眼，环顾四周搜寻着“猎物”。做工如此精美的大钵，可谓稀世珍品，他们竟对其不屑一顾，实在令人不解，更别说开口价才两块钱。对此我只能深表同情。草席上，那钵就随意地摆在那里，我心想此等非凡之物岂能埋没于此？一个箭步上前便把它给收了。

这钵足足有两尺宽，又是不怎么好拿的形状，其重量也不容小觑，带它回家花了我不少工夫。从东寺回到我住的吉田山，差不多要横跨整个京都，带着它搭电车的话，体积太大不合适，当时计程车又相当稀罕，搭车回家的路费比那钵还贵。至今我都还记得当时回到家时整个人都快累瘫了。不过，将它摆出来鉴赏时，那充满艺术气息的质感，足以让人忘却疲劳。这种看似不起眼的捏钵，现存甚少。时至今日已有二十余载，我知道的也仅有四五只。其中一只为我在鹿儿岛所寻获，它是民艺馆现有两只中的一只。仓敷民艺馆也收藏了一只绝品。

经多方调查我才了解到此钵产于肥前国[①]的庭木，而这也是我亲赴古窑遗址探访，才终于判明其来源出处

① 肥前国现为佐贺县。——译者注

的。据估计此钵约为德川中期的产物。

说到这里要顺带提一下，这个大钵上有用白描手法绘的大松。在各地出现了许多这种明显系出同源，带有松绘图案的水瓮及德利（高颈的酒瓶）。说来奇怪，我初见这类松绘大捏钵，竟是在信州小诸的一个道具屋（杂货店）。虽说当下就把它买了下来，但对其出处没有一点头绪。昭和初年时的陶瓷史专家所掌握的知识亦相当有限，没有人能说得准，只能推测说它大概产于越中（现富山县）或是濑户（现香川县北）。

昭和三年的正月，我首次在《大调和》杂志上介绍了这个大钵，当时推测此物十有八九产于九州岛。由于它是民窑烧制，详细的情况无人了解。

直至昭和三年中旬，我才在筑后二川①慢慢了解其来源。我将详细的过程记录在《工艺之道》里。自此，此类窑制品被世人称为“二川”。然而随着九州岛古窑址挖掘工作的进展，我才得知较二川更早，弓野②周边地区也曾烧制过这类窑制品，再继续追溯其历史，则判明此窑器不只产于二川。二川是此类窑制品最后的窑场罢了。可以想象，当时此捏钵作为生活必需品，于肥前各

① 今福冈三池郡二川。——译者注

② 肥前国藤津郡弓野。——译者注

地都有烧制。之前提到的庭木，还有小田志等，广义上来说属于同一类窑场。

这些捏钵大多数绘有松纹，随着发现数量的增多，出现了绘有梅、竹、兰、岩山等各种纹样的作品。随着经验与知识的累积，如今我大致了解了情况，但其间的过程进展是极其缓慢的。日本各地的民窑数量很多，分布范围亦广，并且兴衰无常，因此今后还会出现些什么是完全无法预测的。换言之，对这些窑场探究得越深就越难掌握其全貌。研究日本的民窑就宛如走进一座迷宫，让研究者们困惑不已。

话说回来，在东京是看不到这样的早市的，最起码没有如京都一般像样的早市。虽说世田谷的旧货市场也小有名气，但并不是每月都有，且商品大都千篇一律。在人流被银座的夜店拉走之后，它也就销声匿迹了。能与京都的早市匹敌的只有北京的旧货市集、巴黎的跳蚤市场、伦敦的喀里多尼亚市场等，哪个都令人兴趣盎然。这些市集大都与装模作样的卖古董的地方不同，让访客轻松自在，价格也无一定，人们可享受那寻宝的乐趣。这也是它的一个卖点，实际上根本没人能够预测会出现些什么东西，所以在这里，任何人都会将双眼擦得雪亮，恣意地享受那寻宝的乐趣。这里就有如尚未有人涉足的猎场，是一个商品的价值还没被决定的世界。正因为如此，对吾辈来说这里正是那梦寐以求不可多得的地方。那些默默无名但异彩纷呈的珍品，就这样以毫不设防的姿态出现在你的眼前。

摘自《收集物语》

中央公论社

1956 年 2 月

译者　蔡承纬

# 线香烟火

中谷宇吉郎

中谷宇吉郎（1900—1962），生于石川县加贺市片山津。日本物理学家、随笔家。北海道大学理学部教授，他是世界上第一个成功制出人工雪的人，被称为雪博士。1952 至 1954 年，他曾作为雪、冰、永久冻土层研究所的顾问研究员赴美讲学，1954 年出版了《雪的结晶》一书，1957 年起多次赴格陵兰岛进行冰冠研究。他执导了《雪的结晶》《霜花》等影片，获得极高评价。

少说也有十几个年头了吧，那是在物理系做毕业实验的时候发生的事了。当时我还是大学的学生，跟着寺田教授，接受他的指导。每到这个时期，教授就会说，有些实验根本不需要花多少钱，也不需要什么设备，他会热心地向那些刚毕业到地方高等教育机构任教的年轻人推荐，建议他们务必试一试这项“作业”。在教授列举出来的各项实例之中，每次肯定都会提到的就是线香烟火。

线香烟火喷射时，在最初的阶段，那间歇性地从燃烧的小球之中弹射出来的火花被称为“松叶”，有着无数分支，爆发后又分裂为数段火花，随着其势减弱，转而形成“散菊”的形状，其原理令教授相当感兴趣。同时，教授一贯认为，日本民族的个性增进了大家对线香烟火等传统的东西的依恋。

教授对于这种花费不多的新问题的实验办法、实验进程及方式都有详细的想法，基本上只要按教授“指导”的方式去执行的话，不管是任何人，肯定马上就能上手。然而每年四月，于教授家中客厅的晚餐聚会上听取了教授的建议，嘴上说着“线香烟火的实验好像真的很有趣的样子，回去了马上试试”，离去后却杳无音讯的学生不胜其数。如此年复一年，到最后教授也发起脾气来，感觉似乎得亲自动手才行。这件事应该在教授的随笔中提到过。

正好暑假那一阵子，我与Y君两人只着实验衣服，拍摄氢元素爆发的照片。正当午后酷暑难耐之际，一如往常，教授晃晃悠悠地来到了实验室，稍微寒暄了几句后说道:“我说啊，天气这么热，实验做着也辛苦，不如弄点线香烟火来消消暑气如何？”正好手中实验也遇到了瓶颈，我们便接受了教授的提案，开始转向研究线香烟火。首先该做的就是准备实验用的线香烟火，总之先买五钱左右的应该就足够做一整个暑假了。接着再准备好显微镜与拍摄器材，然后就可以开始进行实验了。

首先，点燃一枝线香烟火，开始观察其燃烧的方式。刚开始会散发出硝石与硫黄燃烧时特有的味道，紧接着喷出火焰，开始剧烈燃烧，然后在花火前端火药的部分凝聚成熔融状态炽热的小火球。小火球边燃烧边发出噼里啪啦微弱的声响，随后开始间歇性地放射出松叶状火花。在那精彩华丽的花火演示之后，松叶状火花逐渐缩小，火花的数量却开始增加，随后便进入了所谓散菊的阶段，火花也逐渐静静地消逝。总而言之，一一测量各种火花在各阶段所花的时间，再取其平均值，便可将线香烟火的标准燃烧过程记录下来。

接着，为了观察烟花的实际状态，开始将火球置于玻璃板下，以显微镜观察火花燃烧的状态。而后随即发现，引发火花的本体为相当细致的碳粉，它被透明结晶状的某种盐类所包围。如此一来便可推断出烟花分裂成松叶状或为此种透明的高温熔融状物质所包覆的碳粉在中途猛烈地燃烧后散开而致。而接下来该做的，便是将其分散的照片拍摄下来。然而，在拍摄高速物体作用的全色感光玻璃板很稀缺的状态下，要拍摄那微弱且呈暗红色调的火花是相当不容易的。我们花了整个暑假的时间拍摄，到头来却只能得到那隐约可看到火花痕迹的照片。然而，教授如此说道："什么都拍不到的时候是最难熬的，只要稍有成果就好，即使再怎么不起眼都没事，日后要拍摄出完美的照片也不是什么难事。"即使结果不尽理想，但教授的一席话让我们安心不少，于是实验也就此暂时告一个段落。

翌年夏天，又到了线香烟火的时节。我在春季毕业后，进入理学研究所继续帮教授做实验，当时来了个东北帝国大学物理系的学生S君，正好和我谈到想做点适合暑假做的实验。所谓相逢即是有缘，两人便又开始拍摄起线香烟火的相片。窝在狭小的暗室里，顶着硫黄刺鼻的气味，不停地拍摄出一张又一张的相片。不仅如此，为了提高感光玻璃板的感光度，我们还使用了氨水，通风不好的暗室瞬间弥漫起刺鼻的气体。而随着年岁增长，当时肉体所感受到的煎熬也逐渐淡去，其他种种反倒渐渐地化成回忆，这倒也别有一番趣味。除了当时感觉上的记忆之外，我想也有一部分原因是当时对实验的热情要远远高于对强健体魄的爱惜之情。

这样的单纯“作业”持续不断地进行了两星期左右，虽说拍摄手法并没有特别改良过，却也渐渐地可以拍出不错的照片了。而我们在过程中也明白了一点，在松叶状火花爆发之际所产生的那无数的分支以外，其四散的火花又进而发生了第二段、第三段的爆发，这也是其富有美感的一个要因。

既然已经能拍出不错的相片，接下来便是在旋转干板的过程中将取得的烟火像组合起来，便可测出烟火的速度了。这种情况下，本来应该是使用附在滚筒上的底片拍摄，然而本次实验对感光度的需求极高，所以制作旋转干板的装置较为合适。相较之下只需要十分之一的费用便可解决。再说火花飞散的速度，平均只有六十厘米每秒，而从火球飞散到第一次大爆发，约十分之一秒。这些数值在接下来分析烟花的化学变化时，应该是非常重要的。话说回来，即便是夏天夜里廊外只有微微的凉风，线香烟花的火花也能随风摇摆，可见其速度并不算快。

继速度之后，接下来便是要辨明火花发散及爆发时的能量来源，也就是化学变化的过程。线香烟花是由硝石、硫黄及碳粉，经仔细的研磨后以日本纸包覆捻制而成的。也曾听说过在三种材料之外，另外再加入铁粉的说法，但如今市售的线香烟花并不含有铁的成分。说到这种日本纸制的纸捻本身，也具有相当重大的意义，要维持沸腾的火球悬吊于半空的状态，纸质是相当重要的。曾尝试过用略显轻薄的西洋纸制作线香烟火，但无论如何只要火球一出现，纸捻就立即断裂，无法成功。线香烟火之所以未见于西洋文化之中，或许正是诸如此类的原因所致。言归正传，为了观察火球之中所发生的化学变化，我尝试了以下的方法：于燃烧的各个阶段，将火球抖落水中，并对该溶液进行定性分析，将玻璃板上的火花残渣制成溶液，并加以分析。这样的做法在化学研究者的眼中，或许显得相当可笑，但我姑且把它当作是化学变化的结果：硝石分解后生成氧，使硫黄与碳粉燃烧，而急速生成的气体则将火花射出。

接着观察火球在氧化的过程中，当温度达到何种程度时开始出现火花，这虽是一项简单的作业，但多少还是需要用到机械器材。如果使用专门测量熔炉温度的光学温度计的话，就可以毫不费力地测试出来。那是将火球的亮度与通电放热的导线作对照，再借由当时的电流量计算出温度的一种装置。而大学的工学部正好有这种设备，于是我便带着一把线香烟火，前往工学部借用该设备，结果只花了半天工夫便得出了结论。

观察的结果显示，当温度达到 860 摄氏度左右，火球开始产生，而此时尚未发出火花。火球经过片刻的燃烧，由于内部硝石的分解以及火球表面所形成的氧化现象，温度将上升至 940 摄氏度上下。此时松叶状火花开始大量产生，温度也随之逐渐下降，当温度降至 850 摄氏度左右时，火花停止产生，火球亦随之熄灭。看到实验结果，我不禁想到一个问题：倘若在尚未达到产生火花温度的状态下，以水晶透镜将弧光灯的热量集束在火球单侧的话，该侧的火花是否会提早产生。于是我马上进行了测试，结果却与我的假设不相符。看来，在其内部化学变化完成之前，即使稍微提高表面的温度也是没有意义的。然而，在弧光灯的照明之下，也有一项新的发现，那有如抽烟时吹的烟圈缩小版一般，总而言之就是串珠一般的烟圈，大量地产生在火球表面。我想，这应该是肉眼所看不见、极微小的熔融滴被大量射出所造成的结果。

近来市面上开始出现名为电气烟花的洋式烟花，以铝粉为主要材料，并加入少量镁以增加火花亮度，最后再与硝石等助燃物质混合成泥，糊在金属线上。这种花火并不会产生火球，而是于点火的同时持续地放出大量的火花后就宣告结束了。不用说，在这种花火上看不到如松叶般复杂而具美感的火花，自然也无法品味到在等待火球燃烧，绚烂的火花产生之前那段寂静之美。松叶火花的美，不光是发散出烧红的碳粉就能造成，为了让火花在空气中能飞行一小段距离，还需要在激烈的、爆发性的燃烧之前以其他物质将其包覆。而线香烟火则是以最简单、最有效的原料组合满足了所有的条件。

那一年的暑假结束之后，线香烟火的实验也算是告了一个段落。而我也临时决定赴国外留学。在伦敦时收到教授寄来的信，信中有如下内容：你的线香烟火已登上《德国化学学报》的版面，而“Matuba”Funken（松叶火花）和“Tirigiku”Funken（散菊火花）在欧洲也变成通用名词。可以想象曙町的狐爷（即教授）正一个人躲着暗自窃喜的样子。

摘自《中谷宇吉郎随笔选集 第一卷》

朝日新闻社

1966年6月

译者　蔡承纬

# 和纸的世界

柳宗悦

柳宗悦（1889—1861），日本著名民艺理论家、美学家、哲学家和思想家。1936 年创办日本民艺馆并任首任馆长，1943 年任日本民艺协会首任会长。1957 年获日本政府授予的“文化功劳者”荣誉称号。他是日语“民艺”一词的创造者，被誉为“民艺之父”。

## 一

《纸漉重宝记》图文的最后一篇，是幅令人难以忘怀的插画：人们试图拾回那随风悠悠飘去的纸张而追赶其后。其中包含了相当深远的含义，对珍贵的纸张来说，就算仅有一张也绝不可视若敝屣。光就插图来说，或许并不怎么起眼，但作者于图文终末仍不忘添上此笔，可谓用意深远。观其图，则暴殄天物之感满盈于胸。又，某书有文，意谓凡草纸各具其神，可敬也。将纸张那清净而纯洁的本质，训示与我等。

试想那石州产的泛黄的半纸[①]，于往昔乃随处可见，是相当质朴之物，却是我格外钟爱的物品之一。然探其工房，映入眼帘的却只有农暇之时，以简陋的箱舟佐以竹帘，安稳恬谧地抄制草纸之景。那略显昏暗的房间，质朴简单的道具，无一不令人遥想起往昔。手抄制纸工程烦琐细碎，但成品确实精致独到，与众不同。其强韧有弹性的纸身，令手指不由得失去了控制，肆意地拨弄纸张，享受其所发出的声响。不只如此，若换成稍厚的纸张，则越能感受到那纸面肌理纹路之美。凝视着纸面上那平淡的起伏、缓和的涡纹，不禁又令人沉浸在那纸张的质感之中。再观其色，其天赋自然的泛黄色调来自楮树皮（构树皮），那不假他人之手的神来之笔，无不令人着迷。在不知不觉之中，和纸已俘获我等的听觉、视觉及触觉，我等只能赞不绝口。

若是质地优良的成品，其本身即充满了美感，整体散发出一种神圣不可侵犯的气场。万不可草率地用于无谓的用途上。即使是用旧的半纸或纸卷的残端末片，不也是总让人不忍随意糟蹋吗？拿来搓成纸捻什么的，便

---

① 和纸剪裁的寸法。——译者注

可赋予它新的生命了，而往昔的人们更以此织布。每当见到有着繁复纹样的和服，便让人觉得这莫非是何人抒发情志之作？更添几分爱怜。

在中国有“鸡肋”一词。典出《后汉书·杨修传》。意谓鸡肋本可弃之，然弃之则又可惜。但对我来说，或许换成“片楮”来表现更为合适。即使是一小片的楮纸亦不忍随意糟蹋。如此心境不禁让人觉得，纸在无形中带给我等某种恩惠，称其为“纸恩”也不为过。

和纸到底何德何能如此尊贵？其原因数不胜数，但重点还是在于纸类之中——和纸那无与伦比的美。其美来自选材用料的坚持。如此刚柔并济、内外兼备的纸品，天下虽大却也于此独有。只要是正宗的和纸无一不美。厚则如“鸟之子”“檀纸”乃至“仙货”“杉原”，薄则如“天具帖”，无不是和纸中的荣耀者。

古语里有“にぎて”一词，即指献给神明的“币帛”[①]。其中“にぎ”即是“和”，“て”则为“考”[②]，也就是“梶”（与前述“楮”同指构树），若单就字面上来解释便是指“柔顺又漂亮的梶布”。这里可以想象，最初使用的虽然是布帛，随后便发展出梶纸取代了布帛。紧接着币帛，也

---

① 神道教中神馔以外的祭品，御币等。——译者注

② 读音为“たへ”时指构树、藤、麻等纤维制成的布匹，读音为“たく”时则指构树。——译者注

就是“みてぐら”，以白纸为材料，也已有一段时间了。直到现在，纸在祭典之中仍扮演着相当重要的角色。

## 二

究竟何物成就了和纸的标致与无瑕，这里我们不得不想到，大自然宛如母亲，任凭我们对她予取予求；而传统就像是父亲，传承着先人的智慧。那如同王妃般神圣不可侵犯、气质高贵的“雁皮”①，宛若武士般坚忍不拔的“楮”②，还有那好比华族侍女一般温顺典雅的“三椏”③，无一不是天赐我等的良物。而正是受此天恩眷顾，成就了和纸那兼具强韧与优美的特质，温暖人心。不光是素材本身，“黄蜀葵”④那神奇的功用、纸浆的性质、气温的高低等，皆影响着纸张的品质，展现出各地方之特色。而淌流于雪原之中的雪水，直射在木板上的日光，也各自发挥着自己的作用。纸虽是人为产物，但还是要靠种种自然的恩赐才能成就，可谓制纸在人，而成纸在天。能够铭感其天恩之人，才有资格被称为好的纸匠。认真对待和纸之人，必也积极地深入理解自然。每每看

---

① 瑞香科雁皮属植物。——译者注

② 桑科构树属植物。——译者注

③ 结香，瑞香科结香属植物。——译者注

④ 锦葵科秋葵属植物，纸浆的添加物之一。——译者注

到良质的和纸，它们都仿佛在告诉我等：顺应自然意志才能达到如此优良的品质啊！

但说到底，这些资材之所以能够以纸的形态重获新生，还得归功于历史与传统。在经历了多少年月的来来去去，纸的形态才得以臻化至如斯境界。在这过程中，先祖们渐渐地领会了造纸的技术，就这样不断集结众人之智慧，再加上经验之累积，而终于能够以之为传统传于后代。即便是看似简单的操作，也并非一蹴可就之事，其中隐含了多少先人的心血、努力以及智慧啊！也因此，蓬勃发展派生于各地的和纸，拥有各自独一无二的地方特色。美浓的“书院”，土佐的“仙货”，武藏的“细川”，常陆的“程村”，一看并无二致，实则其趣各异，皆是当地引以为傲之物。好的和纸是凭依着对自然的归属感及对祖先的信赖而制成的。如若对先祖没有恭敬和诚意，则所做的和纸亦会黯然失色。我等于和纸身上，了解了不少关于自然与历史所给予的恩赐，实是获益匪浅。

从和纸身上可以感受到日本的特点，既清晰、温暖人心而又强韧有力，且风情万种。话说回来，和纸与和纸也不尽相同。但只要是做法纯正的和纸，就从头到尾无不散发着浓厚的日本风味。放眼望去，是纸只见于本国。然若朝鲜有纸，见之而不别者则鲜矣。故以和纸为固有纸而称其为“和纸”实是当之无愧。且无论今昔，凡正统以自居者，皆固守传统以守其纸品无生二意。或云故步自封，亦可谓守旧存良也。令人吃惊的是，日本人手工造的和纸已持续了千年之久。我等极其渴望全体国民能够热爱这项我国独具一格的文化至宝。而和纸亦为深深影响日本生活文化的元素之一。我等若然能有此等省思，则手工纸式微之事始可防患于未然。洋纸广用本也无妨，勿忘美于和风，和纸犹胜洋纸千仞。和纸如是授以我等：热爱故国。

摘自《柳宗悦全集著作篇 第一一卷》

筑摩书房

1981 年 12 月

译者　蔡承纬

# 教育丈夫的十四种方式

冈本加乃子

冈本加乃子（1889—1939），出生于东京赤坂青山南町，本名加野。迹见女学校毕业后，拜与谢野晶子为师，发表了《明星》《昂》等短歌。1910年与在上野美术学校学画的冈本一平结婚，翌年生下冈本太郎。之后有《母子叙情》《金鱼缭乱》《老妓抄》等作品问世。

## 1. 难以取悦之夫

究竟哪一点不随心也不明了，总是沉默不语，问也不答，摆一张臭脸。于是做太太的在家唯有小心翼翼，走过他身旁时也不敢发出声响。这种神经衰弱有的是来自生理上的疾病，有的则纯属当事人任性、无理取闹。如是疾病的话，应当迅速求医，但若是源于任性，屈从只会滋长他的蛮横而变本加厉，因此对正确的事情应坚持主见，敞开心怀，从旁化解丈夫的不开心。其实，不高兴的时候本人也有些无可奈何，试着从一些小事改变丈夫的情绪，对丈夫也有好处。

### 2. 性急之夫

总是很急躁，容易为一些小事发脾气，这样的夫君大致可分为两种：在外如小猫般老实乖巧，把该说的话都收在心里，把郁闷带回家爆发；另一种则是在哪里都容易发脾气。前者因性格可怜较为懦弱，多担待他一些，让他在家里发泄也是一种爱的方式。事后针对丈夫性格上的问题，可多鼓励他培养兴趣或皈依信仰，从根本上帮助他改变脾气。一般性急的人都喜欢快速解决问题，在他未开口前就做好他所期待的事情一定能令他高兴。

### 3. 抱病之夫

有些人一年到头总是不停地念叨这里不舒服或那里不对劲，如果身患顽疾则另当别论，实际上大多数情况只是过于神经质而已。如果太太不重视，他就会抱怨妻子冷落了他，可一旦妻子关心起来，丈夫就会没完没了难以收场。可以鼓励他奋发向上之心，或下定决心过焕然一新的生活，用其他强烈的刺激改变丈夫的心境，作为妻子只要抱着信任和毅力去协助丈夫即可。

### 4. 洁癖之夫

玻璃窗上有一点雾都会在意，时不时用手指擦着纸拉窗确认是否有灰尘。麻烦的人一天不用过氧化氢或升汞水消毒五六次就无法静下心来工作。洁癖虽说不是什么大毛病，但吹毛求疵真的令人厌烦。这种精神上的洁癖患者容易对他人产生反感，说这个人喜欢阿谀奉承，或那个人只会溜须拍马，要不就是谁谁净会说谎，谁也不愿理睬。老讲这些话会让人变得心胸狭窄，应当帮助老公开阔心胸才是。

### 5. 太聪明之夫

反正什么都会被看穿看透，在他面前大可不必遮掩，以坦诚纯真的态度和他相处吧。

### 6. 不善交际之夫

若丈夫不善交际，妻子应默默努力勤快招待客人以调和气氛，让对方慢慢了解丈夫的性格。

### 7. 学问家脾气之夫

学问家习惯于训示他人。若不迎合他，就会影响到他的心情。妻子不妨抱着学生的态度去和丈夫相处。

### 8. 与父母或亲戚关系不合之夫

这种夫君被父母或亲戚埋怨也是没办法的事情，总之唯有尽量远离亲戚们，令丈夫心情缓和一点，如此亦可保日常生活的平静（如有赡养父母之责任的话，物质上也要尽到本分）。若做不到，妻子应以身作则维持圆满，弥补丈夫与亲人、亲戚关系上的不足之处。

### 9. 失业之夫

丈夫失业，妻子在家接副业，努力贴补家计时，处于失业中的丈夫容易个性乖张，心怀偏见。此时妻子应摆出比平常更敬爱的态度来和他相处，丈夫才能重新振作起来，鼓起勇气寻找新工作。

### 10. 嗜酒之夫

尽量让他的注意力转移到其他兴趣上。如果行不通的话，妻子自己可以试着喝得酩酊大醉，或扮醉状，让丈夫知道酒醉之人有多讨人厌，或者可以在丈夫清醒时带烂醉的朋友回家吓吓他。

## 11. 外遇之夫

如果正当戒备、谆谆教诲都无功效的话，妻子也可以假装水性杨花，看看丈夫会有什么反应。如果仍然无效就只好选择放弃追究或离婚，任选其一吧。

## 12. 足不出户之夫

丈夫整天黏在家中让你感到为难的话，妻子可以尝试主动约他出去散步或参加活动，如果丈夫不愿同行的话，就抛下他一人，让他独守空屋，尝尝寂寞的滋味。若是人手不多的家庭，可借此机会让丈夫出去买东西，让他忙得昏天黑地。

## 13. 过分干预家事之夫

如果对丈夫过分干预家事感到苦恼，不妨装病一个星期试试。把所有的家事都交给丈夫做，让他了解家事的繁重。如果丈夫在客人面前不时叫拿汤勺，而且不合时宜地要这要那，超出主妇预算，为了惩罚这种丈夫，可以当时故意夸张报费用，或为了报复，装病给他看。

## 14. 职业女性之夫

职业女性的丈夫应更加爱护自己的妻子。如果双方都有工作的话，先回家的一方应先准备好迎接晚回家的另一半。反之，早上出门时较晚的一方应送走另一方。在这种情况下应放下旧时夫妻的观念，共同分担家事。两人既是朋友、恋人，又是夫妻，妻子作为女性应尊敬并多方面协助丈夫。做丈夫的应努力尝试做一些适合男性的家务。但是，妻子应切记不能因为自己有工作，就怠慢了体贴自己的丈夫，或在丈夫面前妄自尊大起来。

虽说以上的内容都是一些陈腔滥调，但如果不注意的话，女性也可能因为自身的不足犯下错误而不自知。

摘自《妇人界》

1933年9月号

译者　谢咏臻

# 河豚

吉川英治

吉川英治（1892–1962），从事各种职业后开始文学创作，因《鸣门秘帖》等作品而成为人气作家。1935年开始，《宫本武藏》连载作品获得广泛支持，成为大众小说的代表性作品。“二战”后因《新平家物语》《私本太平记》等作品，被誉为“国民作家”，他的文学被称为“百万人的文学”。吉川英治的作品就像是一坛坛的陈年好酒，时间愈久，愈见醇香。

从前年开始到去年，以至于今年，每逢冬季，东京的河豚料理便慢慢增多。在冬季泛白的街灯下，那河豚屋[①]招牌林立的食通横丁（饮食街）别有一番风味。

有一些地方明文规定“禁止贩售河豚料理”，而说

① 指河豚料理店。——译者注

到东京，听说也是在最近几年才终于解除该项禁制。话说我首次品尝到河豚料理已是六七年前的事了，如果没记错的话，好像是基于直木君的兴趣，讨论着要办杂志，说好了在新桥[①]的大竹[②]集合，一进门只见三上、大佛、佐佐木、直木等一伙人已是酒足饭饱，而杂志的话题则是连边都还没沾上。当时，餐桌的正中那锦出[③]的大盘上，排列成紫阳花图案的正是河豚肉片。那是我平生第一次见到河豚肉。

我本不愿喝酒，那天晚上却被三上于菟吉[④]劝酒，首次尝试到鱼鳍酒的滋味，我这种看见酒就发晕的人，不留神糊里糊涂地竟也干掉了两三杯，夜归之时犯下了类似于君子之过的错误，不得不在他乡度日如年。责任不在菟吉身上，看来河豚是有毒的。

虽说吃河豚中毒的形式千奇百怪、五花八门，但“食用后三十分钟，脸上立即会出现死斑”这种说法打死我也不信。那些忌讳河豚料理的人，若是在东京，想必连车都不敢坐吧。听说在下关的大吉还是春帆楼，一听到桌上摆的料理是河豚，头山满老先生就吓得一下子

① 位于东京都港区。——译者注

② 料理店名。——译者注

③ 彩绘的白瓷。——译者注

④ 三上于菟吉为作家名字。——译者注

站起来，尿都流了出来。与当时的情况相比较，如今的人对河豚知识的了解已是大有长进。而当时吃河豚的风险也不比现在低，因此当时闻河豚色变也是无可厚非的事情。

根据长州的旧籓制，人们对于河豚的食用有相当严苛的规定，家士（即家臣）若因食用河豚致死，则没其家禄并夺其家名。对萩（地名）或山口（地名）的籓士们来说，品尝河豚料理，赌的不只是自己的性命，还得赌上祖上的基业以及后代的福荫。正因如此，据说正宗的河豚料理手法便是源于此地。而下关被认为是河豚料理的发祥地，那是由于伊藤博文、山县有朋、井上馨等维新运动的元勋们，个个吃河豚上了瘾，便以其为地方特色料理，在阿弥陀寺町大力鼓吹。随着明治以后地理交通日趋便利，风声不胫而走所致。萩的河豚党便以此说法为据，至今仍自诩为河豚料理之正宗。

据说在出云大社周边一带，旅馆的餐食之中也会出现河豚料理。而听说在山阴一带，河豚料理在入冬之后也是相当盛行。但说到里日本（本州岛面向日本海的地区）的河豚料理，在下也不怎么清楚。听说觉得河豚难吃的也大有人在。而金沢的“卯的花渍”[1]，那得用火烤

① 利用豆腐渣制作的腌鱼。——译者注

了再吃的，被人们视为珍宝。话说萩的樱渍同样也是以烧烤手法料理，与什锦[1]、刺身（生鱼片）相比，那口味可就是天差地别了。

冬季时在别府[2]生活了约半个月，每天晚上享受着河豚料理，不仅味道好，料理店女侍的服务更是周到，近年在东京如雨后春笋般新营的河豚料理店家是无法与之相提并论的。或许这是因为那个冬天的夜里看着青白相间的白肝与筒蒿在炉火上咕嘟咕嘟地滚着的温暖所致。

如此美味可口的河豚，若是在那刺身的佐料黄橙醋里少了葱花，以及什锦火锅里少了冬天正当季令人为之振奋的青葱翠绿的筒蒿的话，我手上那双筷子恐怕连动都不想动吧。

方才提到的筒蒿在东京的蔬果摊便可买到，但关键的细葱却无法入手。有一次，岩崎荣打电话给我，说是晚点要带河豚过来料理，要我准备好蔬菜类的东西等他。我告诉他报社给的河豚什么的，只会令人感到困扰而已，我看就算了吧。语音未落，他便回了我一句，少瞧不起我家河豚，先看货再说也不迟。终于，东西提来

① 一种火锅的略称，为白身鱼与蔬菜豆腐一起煮的火锅料理。——译者注

② 日本南方城市名。——译者注

了，一瞧，里里外外结结实实地包了三层，先是木盒，再是铁盒，最里面一层塞满了冰块。一问之下，原来是熟人送的，刚从下关送到呢。盒子里呢，筒蒿、细葱乃至白萝卜泥一应俱全，包装得精美至极。那就吃吧，刚好也来了客人，就这样，五六个人围着这么一锅，盒子里头附的菜立刻就见底了。我赶紧让家里的佣人跑了一趟蔬果摊，筒蒿倒是有，不过细葱可就令人失望到不行，那是一种似是而非、名为分茎[①]的种类，非但没有浅葱那独有的香味，也完全感受不到那细细切碎了的葱花在唇齿之间所留下的那似有若无的辛辣感。

在接下来的冬天里，只要尝过一次河豚便会让人无法自拔，这相当令人困扰。每到银装素裹的时节，便令人联想起河豚，若是到了入夜时分灯火斑斓之际，更是让人恨不得能马上大快朵颐一番。那些河豚狂热者们，嫌佐久间、大隈、福屋等一流河豚屋的河豚处理得太干净，觉得吃了跟没吃一样，就有人特别喜欢钻进街角那地处偏僻又气氛诡异的兼营关东煮摊的便宜河豚屋，品尝那近海捕捞上来的、淡而无味的虎河豚，得到欣喜如中风一样让嘴唇发颤的感觉，才心满意足。

据科学分析，河豚的毒素主要存在于卵巢，不存在

① 葱与洋葱的混种。——译者注

于血液及肌肉中。摆了几天不新鲜的河豚似乎才是最危险的。虽未见于学者发表的文献，但依大隈（河豚屋）店主人的说法，比起卵巢，寄生在河豚鱼鳍下边以及腹部的微小寄生虫才是真正的猛毒的根源。料理人将之称为蝶蝶。若将其放入装水的瓶里观察，只见米粒般大的虫子，其状似蝴蝶，怪不得得此异名。话说在本河豚及虎河豚身上皆附有此虫，而附生在鱼鳍的也好，附生在腹部的也好，皆呈现保护色，若不是相当留意，很难注意到它们。

据《大草家料理书》记载，用河豚熬汤时切忌使用日本莽草与老房子灶台的煤灰。此事被转载于《古事类苑》[①] 等辞书，但我还是无法明白，为何河豚料理会忌讳日本莽草与老房子灶台的煤灰这两样东西。

传说苏东坡当时品尝的是河豚汤，而非刺身。而江户时代的料理书上所记载的河豚料理也没有刺身。据说直至东京大地震前，仍在人形町一带流行过“潮际锅”，以一种名为“潮际河豚”的河豚命名，想来应该是江户人所起的俗名吧。江户人亦以河豚异名“铁抱”称之，而铫子 [②] 的渔夫则称其为“富签江户时代的彩票”，后者乃取其“老天保佑千万别让我中标（毒）”之意。

---

① 明治政府编修的一套接近于百科全书的类书。——译者注

② 日本少数的几个渔港城市之一。——译者注

关于中了毒该怎么办，自古以来有着各式各样的说法。据《松屋笔记》记载，有让中毒者咀嚼山栀子的果实催吐、以黑砂糖配白开水服用、喝大量盐、将樟脑以开水化开后服用等方法，而与茄子一起食用可预防中毒等，这些方法依然体现在今日的料理手法中。更有传说，即使不幸中了毒，将中毒者活埋即可痊愈，曾有清水次郎长与角力选手福柳以肉身验证此说的故事。

虽说在下关周边，有些民宿的老板娘会将从鱼摊提回来的河豚在傍晚于厨房做成火锅，并提供给住宿的客人享用，但若是经验不足的生手草率模仿，一旦出事被保险公司判定为自杀，我等也是爱莫能助的。

俳人①之中好河豚的有青木月斗，而文坛则有久米正雄、永井龙男、三上于菟吉等人，女演员山路文子也吃河豚。还听说在实业家之中河豚狂热者居多。话说有些女子即使是初次品尝，却也不把河豚当回事，或许是觉得，当自己的夫婿在一旁吃得津津有味而自己不吃的话有损女性的操守也说不定。

然而，若是因为担心中毒而战战兢兢品尝的话，河豚真正的美味是无法传递到舌尖的，因此我也可以大胆地说，河豚料理最起码得品尝四到五次，才能真正品味

① 俳句作家。——译者注

出其精髓。到这种地步，觉得要将这美味分享给亲朋好友的自身也有罪过，因为就算料理的技巧再怎么进步，毕竟还是有毒的鱼类。《秋里随笔》等著作也是在介绍完备后鞆津[①]的名产河豚汤后，于文章末尾告诫人们：“然，奉亲事主之人宜忌口，免受不忠不孝之恶名，且亦损其德。”

一想到“有损其德”，再怎么胆大包天、百无禁忌之人也不免心里头犯嘀咕，只得如偷情一般少量慎食，以慰藉填补心里头的空虚。曾听说过坐渔庄（明治元老西园寺公望的别邸）主人西园寺先生亦好此物。让上了年纪的国家元老在体虚畏寒的冬夜里，若能达到运气活血功效的话，也可算作河豚对日本的国力的影响。而河豚要是没有毒就好了之类的幻想，只是那些避世闲居之人的欲望，是在什锦火锅里的筒蒿变红时常说的蠢话（意思是食用之前的一种奢望）。

摘自《吉川英治全集 52　草思堂随笔　四季录》

讲谈社

1983 年 11 月

译者　蔡承纬

① 广岛县东部旧国名。——译者注

# 语言的魅力

岸田国士

岸田国士（1890—1954），日本剧作家、小说家、评论家、翻译家。祖籍和歌山县，生于东京军官家庭。父亲是炮兵大尉岸田庄藏。1912年毕业于日本陆军士官学校24期，任久留米步兵48联队少尉。代表作有戏曲《牛山宾馆》，小说《暖流》《双面神》等。

## 一

语言不仅是传达思想和感情的工具，也是我们日常生活中不可或缺的东西。一个人使用的语言不仅其含义万人皆通，而且也是这个人特有的某种东西的体现，从这一点来看，比较近似于表情。

因此，我们必须从语言学或语法的角度选择正确的方式表达，而且语言还具有文学性或者感性美的使用方式。

如果从专业的角度来探讨这个问题，不但复杂，而且无法在有限的篇幅内一一列举，在此我认为需要尽量从实用性的角度来思考这个问题。

首先，仅就口头语言或书面语言来看，我们是如何从降生开始就接受语言教育的呢？

首先，我们最早是从父母等家庭中心成员那里学到语言。然后，随着年龄的增长，慢慢从不同生活环境、生活经历的朋友那里学到语言。

紧接着，我们从学校老师那里学到所谓的“标准语”，实际上就是“教师特有的语言”。

这样等我们成年的时候就基本形成了我们的“个人语言”，不论形成的语言是否正确、优美动听，大体上可以说语言是一个人性格的写照。

从这种角度来看，方言或口音仅仅只是代表一个人的出生地，并不一定代表一个人的性格。如东京话或地方话之类的区分，与语言价值本身毫不相干。

那么，从语言彰显一个人的性格这一事实来看，我们对语言产生兴趣必定是达到一定年龄以后的事情了。通过社交接触、在大都市学习的机会、沉醉于小说等方式，然后到试图把自己的心映照在镜子上的年龄。

## 二

这时候开始出现对语言的评估。首先，与地方话相比，这个评估标准一般来说会更重视东京话。特别是在一些年轻女学生中，有将东京的流行词语囫囵吞枣直接照搬的现象。

东京是文化的中心，这样的倾向也无可厚非，但是因为这个缘故却常常导致一些可悲的结局。一个带着地方口音却勉强使用东京话的人究竟有多滑稽，说话者本人是无从知晓的。为了表现得像一个“文化人”的努力反而让这个人显得更加缺乏教养。

与其在语言方面这么耗费心机却徒劳无功，倒不如堂堂正正地做一个地方人，把心思用在个人涵养及正确使用自己的语言上去。绝对没有必要把“没有教养的东京人的话”当作模范。

在此，大家必须了解语言这个东西，即使同样的一句话也会因为使用者的教养差异而显示出截然不同的面貌。

同时，有教养的人会在自身的教养、兴趣和讲究的驱使下无形中排除那些不符合自身的言辞，创造出具有自我“个性的言辞”，不会轻易被周围所影响。反而那些扬扬得意、使用流行语言的倒是以缺乏教养的人居多。

虽然我们没有必要固守方言或口音，不过根据时间和场合，如果方言或口音会对我们想要传达的内容带来不便，或是在我们感觉不合适的场合，我们可以尽量往标准话靠近。这种时候语言的感觉比语言本身发挥着更重要的作用。这样的感觉源于教养。我个人认为文学兴趣等在这方面最能够为我们提供帮助。

## 三

正确的语言不一定就是优美动听的语言。正确的语言是指任何人使用起来都正确的语言，而优美动听的语言则因人而异，因使用语言的人使语言变得美妙动听。

能够感受到方言的美，从孩童的只言片语中感受到美的人，应该可以发现世间对语言的魅力是何等的漠不关心。

有时候装饰可以借来敷衍，但是唯有语言绝不会被借来的东西所敷衍，这是它不为人知的秘密。

语言的魅力正如前文所述，归根结底是一种表情美。无论有无意识，一个人的真实面貌都会直接渗透到语言中，极端的说法就是如果想让语言变得美丽，只能提炼自身，别无他法。披露信念的话语、吐露爱情的话语，历来都在某种意义上与美产生联系。质朴的人、感情浓厚的人、低调的人等都会使用与自身性情相符合的语言。当然，各自都具备不同意义的漂亮音色。

语言不仅可以反映一个人的性格，还能决定一个人的品位。其中也多少包含一些趣味性的东西。当然，我们不可能仅仅就因为某个人的言辞文雅或庸俗就断定这个人整体的品位，不过在选择语言的过程中流露出的标准多多少少可以让一个人显得文雅或庸俗。可是这也并不意味着如果一个人满口华丽辞藻就代表这个人文雅，其实通过练习，不论多么文雅的语言都可以模仿。因此，关键还是在于是否通过自身的选择过滤，是否与言辞融为一体。比如俗话所说的"遊ばせ言葉"[1]这样的上流社会的语言并不一定就代表有品位。有时候只是显示形式上的礼仪，甚至可能成为向贵族阶层谄媚阿谀的语调。

总而言之，有品位的语言应该是一个人高层次教养所散发出的矜持的体现，我们需要认识自身、了解对方，使用有礼节和信念的真实美的语言。

## 四

话又说回来，日常生活中的会话并不一定是经过选

① 指日语中最恭敬的客气语。——译者注

择的语言，况且如果选择时花费太多的时间和精力，会弄得说话人筋疲力尽，听话人疲惫不堪，最终无法发挥语言魅力。

语言因自然而美妙。因此不经意中吐露的言辞直接成为魅力话语的情况屡见不鲜。

同时，精炼的语言本身就具备一种文化魅力，我认为日本人应该在如何使现代语变得优美的问题上多下一些功夫。

我在《讲述语言之美》一文中对这个问题有过详细阐述。姑且不论声音和口音，仅就语言选择上就应该在以下问题上引起大家的注意：

一、标准语虽然语法正确，但本身不是具有生命力的语言，也不适合带入自然的感情，因此，可以成为矫正方言的参考，不过有束缚交流氛围之嫌。

二、大家并不了解，实际上东京腔里也掺杂了很多东京方言，特别需要指出的是，即使同在东京，山手与下町的语言也是截然不同的。加之，东京话是显示东京和关东人气质的语言，即便关西人用东京腔讲话也没法说出地道的东京话。

三、地方方言或口音本身完全不应该受到排斥，但是在别的地区使用自己的方言，特别是在东京，地方方言或地方口音便成为让人听起来刺耳滑稽的东西了。如果是私人场合还好，要是在公共场所或涉及公共问题时，就越发让人感觉不适。这样的观点让人觉得是不经之谈，仅仅因为“东京是文化中心，学问应该用标准话来学习”有些不合适。如前所述，地方话有地方话的特色魅力，同时某个地方的语言更适合传达该地区的气质，我们不能忘记利用这些特色可以为语言增光添彩。

四、最忌讳的莫过于为了使用正确的语言而陷入千篇一律的模子，即形成一成不变毫无个性的语言表达方式。东京这种类型的女性居多，特别是女子学校毕业后进入家庭的妇女，越是自认为社交型的这种倾向越明显。滔滔不绝却没有一句“自己的语言”，缺乏真正的魅力。没有比唠唠叨叨的场面话更能显示出人的卑微了。

五、东京的女学生即使说东京话也喜好使用一些奇怪的语言。在家里越是受“言辞文雅”压抑的少女就更喜好在学校使用粗鲁的语言，模仿男性使用从俱乐部等传出来的流行语。很多情况下她们是有意识地、玩笑性地、反抗性地使用，并无过错。但是如果一个地方来的女孩子把这些话当真就麻烦了。玩弄语言如果只是一种文化游戏自然无可厚非，但像这样的模仿是在玩火，弄不好就会伤及自身。

## 五

现代小说、戏曲等大都采用标准话的口语文体写作。众所周知，日本的口语文体并非会话语言。虽然有一些主张“言文一致”的作家，用在戏曲倒也罢了，如果用在以叙述为主的小说中，就与日常会话大相径庭了。

那么，小说中的会话或戏曲中的对白又如何呢？这个受剧中人物所处的环境、职业、年龄、教养还有作者的个人喜好等影响，不可能使用统一的语言。

归根结底，爱好文学自然可以发挥精炼语言的作用，纵然无须照搬也确实可以提高语言的敏锐性，增强其丰富性。

如此说来，各位一定会想象那些专门从事文学创作的人必定个个语言表达甚至文风都完美无缺，事实并非如此。即使从一般人的眼光来看，也不难发现那些过度渲染文学语言的偏颇喜好和癖性总让人感觉有些装腔作势。

语言中所包含的职业癖性毫无疑问会成为这个人的特征，多数情况下也会增添文章的可憎可笑之处。其实，教师无论何时都会使用“教师腔”，而女优则总是一副“女优腔”，只是没有自我觉察而已。

## 六

由此可以看出，语音与语言都是何等重要。

方言和讹音都带来语调的问题。就词语而言，关东和关西大致可以理解为刚好颠倒过来。这样的习惯是一个很难解决的问题，即使没有讹音，实际上有很多在东京居住了 30 年也无法纠正口音的人。

但是，更重要的问题是语言整体的调子，或应该说是说话的方式，是一种对抑扬顿挫的操作。这个问题本来是包含在语言表达里面的，不过在这里单独设立章节比较方便，就此略作说明。

我们形容语调时有“撒娇的语调”“明朗的语调”“冷漠的语调”“殷勤的语调”“世故的语调”“冠冕堂皇的语调”“轻薄的语调”，等等。在不同文章中有时候专指单纯的感情色彩，有时候也用于描写一个人的性格特征等。实际上，这才是语言的生命。比如：

“昨天，我难得到银座逛了逛。没想到，那风吹的！根本没法往前走。就这样把衣袖挡着脸，像螃蟹一样横着走啊！就在那时候突然有人拍了拍我的肩膀，吓了一大跳！你猜是谁？居然是你哥哥……”

这样的对话，或真实的倾诉，或自嘲中附带戏言，或快活中不含喜悦，同样的事情，可以用不同的感觉来传达。但更重要的是增添了语言的各种魅力因素，应该说是比技巧更高的策略吧。比如说，灵机一动。灵机可以存在于轻薄中，也可以存在于谨慎中。当然无须赘言，后者胜过前者。

总而言之，言辞文雅并不一定就代表文雅，诗的语言并不一定就美妙，晦涩艰深的说法并不一定就代表这个人有教养，东京话并非代表文化。反之，方言也并不一定就滑稽可笑。

关键在于这个人在这个场合使用最适合的语言将其思考的问题用直率巧妙的语言表达出来。这时候的语言毫无疑问就是最具有魅力的语言。

从现代日本的情势来看，这样的语言训练已经成为极其困难的事情。一般说来，如果没有在有教养的妇女中间形成的话，语言文化将永远无法提高。

摘自《岸田国士全集22》

岩波书店

1990年10月

译者　吉田庆子

# 谎话的效用

末弘严太郎

末弘严太郎（1888—1951），出生于山口县，大正、昭和时期日本的法学家。1917年11月为研究民法留学芝加哥等地，1920年获得法学博士，同年9月回国。1921年4月就任东京帝国大学法学院教授，1942年3月至1945年3月担任东京帝国大学法学院院长。东京大学名誉教授，主要研究民法、劳动法、法社会学。著作有《债权分论》《物权法》《谎言的效用》《农村法律问题》《民法讲话》《日本劳动组合运动史》等。

法律以外的世界一般都公认，任何不合理的事情只要按照法律世界的价值观来评判，立即就会变得合理，这是我们法律学者经常遇到的事情。我认为这个问题既有法律的特色，又具有国家的特色，因此，收集一些这样的现象并进行考察，对于一个从事法律及国家研究的人来讲是极其有益且是有必要的。从这种意义上来讲，本人很多年对“法律拟制”（legal fiction）研究抱有浓厚的兴趣。因此，本文实际上是在这个研究旅途中偶然诞生的一个小小的副产品而已。本稿是根据庆应义塾大学演讲时的原稿再稍加润笔后，登载在大正十一年（1922年）7月刊《改造》杂志上的一篇文章。

## 一

我们从孩提时起就被周围的人和环境灌输不能说谎的思想。也许，世上无人例外都相信不能说谎吧！理由另当别论，大家都一定如此认为。一听到“谎言”，我们的脑海里马上就会联想到因为多次说谎而失去村里人信任最终被狼吃掉的小孩，那个“狼来了”的故事。我们的意识深处已铭刻着不能说谎的印记。

尽管有如此深刻的印记和教诲，可是我们生活的世界里依然存在很多谎言。不得不说的谎言、可以不说却说了的谎言、偷偷在私下说出的谎言、大张旗鼓明目张胆的谎言，并且有时候还有受法律保护的谎言，等等。如果否定这样的谎言将可能受到刑罚的处罚，居然有如此恐怖的事情！可见，已经是明目张胆、堂而皇之地对天下说谎。可见，这个世界上有各种各样的谎言。

实际上，在我们生存的世界里完全不说谎，人们已经无法长久地维持生存。因此，为了生存，我们就必须解决这个重大且极其困难的问题，即思考如何处理这些谎言。归根结底，我们不能说谎，但不说谎就无法活下去。

## 二

我是一个法律专家，因此，对我的专业领域法律以外的事情，如果是类似座谈会之类的倒还可以应付，但是不能在公众场合摆出一副先知先觉的专家的样子来高谈阔论。法律专家是仅限于法律范围内的专家，一旦超越这个范围立即就变成外行。当然，也没有法律规定专家绝对不能发表外行意见。但是，在这种情况下发表的外行意见实际上与非专业的外行，特别是普通的外行之意见相差无几。反之，通过专业的眼镜观察事物，容易片面偏激。或许，实质上比普通的外行意见的性质更加低劣。并且，世人对专家的"外行意见"总是表示出不当的尊敬，显得比普通的外行的外行意见更有威信。比如，世上有数不清的无名八公、熊公[①]，对戏剧具备深厚造诣，能够做出深刻评价。但是，只要某某侯爵或某某

① 江户落语中常有熊公、八公等人物出现，这里泛指这些人，"公"是对这些人的尊称。——译者注

博士稍微发表一点有关戏剧的外行意见，世人就立即过度地阿谀奉承他们是什么戏剧通、表演通，等等，最后弄得其本人也扬扬自得并不识相地公开发表意见。如果身居豪门、地位显赫，且具备普通人的戏剧欣赏水平，倒是难能可贵。但是当我听到这些人摆出一副专家的样子毫无羞愧地发表外行意见，并且看到世人还对这样的意见表现出特别的尊重时，就感觉极度不快了。我认为这种情况纯属“不当得利”。但是，世上的专家却容易在这个问题上犯错误。世人也屡屡对这样的专家的外行意见表示出不当的尊敬，简直是岂有此理！

我是法学家，自然有资格对法律和学问发表专家的意见，因此，今天在此围绕“谎言的功效”这个主题，针对如何处理谎言的问题，发表一点我的个人意见，当然也仅限于法律和学问的范畴。对于一般的道德观念或教育等问题装模作样地发表“内行”意见不是我的本色。

在法律问题或学问的一般性问题上，“谎言”发挥着善恶两方面的作用。思考这个问题，不仅对一个法律专家，就是对一般人来讲也是一个颇有趣味的课题，更何况我是为了阐明自己对法律和学问的态度，对我来说，对于“谎言的效用”这个问题陈述个人意见是一件非常重要且非常方便的事情，这也是我执笔本文的主要动机。

## 三

首先，我先举两三例法律史中出现的谎言，然后，再论述这样的谎言究竟发挥了怎样的作用。

提起法律或审判，大家会立刻联想到大冈越前守忠相[①]，并且认为他才是理想的廉明法官。每当我们听到有人埋怨现今世上的审判缺少人情味，法官没有常识，如化石般僵硬等，都会让我们联想起大冈法官，并且期待充满人性的审判。

的确，大冈越前守忠相被如此赞赏，不，至少被写入评书或传说中，可见昔日人气非凡，那么究竟是什么原因呢？非常遗憾的是本人对这段历史事实没有准确的了解。所谓《大冈政谈》中所记载的事实是否是大冈越前守忠相真正的业绩，我也完全不具备正确的知识。这些对我来讲并不重要。即使那些事迹完全不是大冈越前守忠相的真实故事，但是《大冈政谈》流传至今，显然可以印证当时的人们是何等欢迎那样的审判，因此，下面我要谈的问题中，大冈越前守忠相仅指《大冈政谈》中所出现的大冈越前守忠相，至于这些故事与历史事实是否一致，与我将要谈论的问题毫无关联。

① 大冈越前守忠相（1677—1752），是江户时代中期的幕臣、大名。——译者注

大冈越前守忠相式审判大概是因为洞察人情世故的微妙之处，故被称为好审判吧。我的答案却是因为他巧妙地与谎言过招。我们姑且不论谎言之善恶，大冈越前守忠相是一位说谎高手这件事却是不争的事实，也是一个巧妙地说谎而受到大家推崇的人。如不相信请各位查阅一下《大冈政谈》就可以知道，当时的法律是何等严格烦琐，如果严格适用法律的话，足以让所有人都战战兢兢地度日，并且当时的法官对于上面制定的命令即法律是不能随意变通处理的。法律就是法无二门，必须抱令守律，不得通时达变。在这样的法律范畴内，要想做到符合人情世故，实施有人情味的审判是难如登天的事情。但是大冈越前守忠相做到了，并且没有被免职，而且深受世人赞颂。

那么，他是如何做到的呢？方法就是“谎言”。如前所述，当时的法律是“版版六十四”，不可能变通，因此大冈越前守忠相就想出了变通事实的方法。如果某个事实已经存在，那么依从法律就必须处罚。但是，如果处罚就会不符合人情。在这种情况下，法官唯一可以采取的手段就是使用谎言，只能将存在的事实变为无，将不存在的事实变为有。大冈越前守忠相非常巧妙地完成了这件事。

采用这样的手段在法庭上再现人情的并非只有大冈越前守忠相一个人，虽然根据时代、地点的不同会存在一定程度的差异，但是恐怕所有的法官，都采用了相似的方法。据说在罗马也发生过为了免除杀死怪胎的母亲的罪过，法官常常援用“monstrum”（鬼之子）法理的事情。

在罗马，降生于人腹的怪胎，在没有充分具备人形时在法律上就称之为“monstrum”，即不具备法律上的人格。这种观点似乎从远古时代就存在，《查士丁尼法学总论》[①] 也将法学家保罗的意见收藏进来。如果母亲发现降生的孩子是丑恶的鬼之子时，让孩子生存下去将会使家族蒙受羞耻，而且也是其本人的不幸，所以就悄悄将孩子杀死。当然，从烦琐的理论上来讲，这也属于杀人行为。但是，法官从人情来讲追究母亲杀人的罪过有不忍心之处，从社会的角度来看，也是一件极其愚蠢的事情。法官想帮助这位母亲，而拯救的方法就是这个“monstrum”法理，即母亲确实杀子，但是杀害的不是人而是“monstrum”，因此没有罪过。通过这样的理由来拯救可怜的母亲。

---

① 东罗马帝国拜占庭皇帝查士丁尼在位期间下令编纂的法学著作。——译者注

按照现今发达医学的观点，人的肚子绝对不会生出“非人”。但是，我们也不能因此就笑话罗马人无知、愚蠢，这是不合理的。总而言之，通过这样的方法救人一命，可想而知当时的人们无疑都会赞赏这位法官。

此外，听说德川时代的监视官有一个重要的心得就是“视而不见”。从理论上讲，作为监视官只要发现犯罪就必须予以起诉。但是，如果将所有的事情都一一起诉，世人也会有意见，结果“视而不见”，也就是说“说谎”便成为监视官的一种美德。同样的事情不仅在旧幕府时代，明治、大正期间也曾有发生。今年我们修改了《刑事诉讼法》，旧法尽管没有明确规定，但大多数学者都主张是否起诉犯罪应交由检察官自由裁量，这个原则被称为“便宜主义”，法官也将这样的观念付诸实践。这样的理论在戴上“便宜主义”的高帽以后变得威风凛凛，实际上这就是监视官“视而不见”的翻版。新刑事诉讼法第 279 条明文规定：“根据犯罪嫌疑人的性格、年龄和处境，犯罪的情节以及犯罪后的状况，如无必要起诉无须起诉。”所谓公认的“谎言”通过制定“谎言”的规定“以假代真”。诸君可以翻阅一下司法统计中的“杀害婴儿”的部分，就可以了解现在的检察官是如何“视而不见”的。

## 四

英美法中有象征性损害赔偿（nominal damages）制度。损害赔偿顾名思义是对实际发生的损害进行赔偿的制度，因此即使发生侵权行为，但如果实际上没有任何损害发生，就不产生赔偿损害的义务。比如在日本，甲方擅自进入乙方的所有地，即使乙方提起损害赔偿请求的诉讼，但如果其擅自入侵的结果事实上并没有给乙方带来任何损害，将作为欠缺不法行为要件而败诉。按常理思量，乙方既然没有受到任何损害，那就不具备要求赔偿损害的权利，也属理所当然。但是，甲方侵犯了乙方的权利却是一个不争的事实，从这个角度来讲，甲方不对也是事实。如果已经形成侵权却以无丝毫损害为由让乙方败诉，其结果不仅造成名义上的败诉，同时因为败诉还必须承担诉讼费用，对乙方来讲无疑是一件极不愉快的事情。乙方一定会思量即使不能获得赔偿至少不能败诉。这种情况下即使名义上让乙方获胜也必定会让他欣喜不已。

英美法的名义上的损害赔偿就是在这种情况下拯救乙方的一种制度。只要发生侵权就必须付出某种形式的赔偿。比如法院判断赔偿金额仅为一元钱，被害者即使获得一元钱也属于胜诉，不但获得了名义上的胜诉，而且从实际利益来说也可以避免支付诉讼费用。实际上，即使没有损害的证据，但是既然发生侵权行为就可以视为存在一定的损害，以一元钱这个有形物为象征是这个制度的妙处，也是“谎言”效果的明显事例。

现在，日本的法学家一般都采取狭隘的合理主义，视无损害无赔偿原则为绝对，认为名义上的损害赔偿是属于英美的不合理制度，不应该引进。但是，如果日本采用了这个制度，不了解法律的一般民众将会在多大程度上增加对法院的信任呢？不法行为法将在多大程度上融入道德观念呢？我殷切期望这样的时代的到来。但是，首先我们必须从一般法学家的头脑中驱除狭隘的合理主义观念，在更深层次种植“合理之上的合理”思想。

## 五

欧美各国的现行法大都不认可协议离婚。离婚仅局限于法律所规定的一定原因，如果不存在规定的原因，即使夫妻双方达成协议也无法离婚。从这一点来看，法律极不通融。不过，在西方相互已经谈好分手的夫妻也不会因此而老老实实就范。尽管《圣经》上写着“神配合的，人不可分开”，想分手的人也不会就此善罢甘休。因此，一旦双方决定分手，相互约定后就由妻子向丈夫提起离婚诉讼。法官问："为何离婚？" 妻子回答："丈夫虐待妻子，打过三次。" 然后，法官问丈夫："你是否承认原告妻子的主张？" 丈夫回答："对。" 就这样，法官被欺骗，宣告离婚成立，或即使对于事实真相抱有怀疑，法官仍然会做出离婚判决。由此可见，实际上西方也是协议离婚。在此使用的道具就是"谎言"，一场戏而已。

法律是为了人类而存在的。人类的思想、社会经济的需要在这样的基础上才能真正实施法律。即使以前曾经与社会思想和经济状态协调的法律，随着社会状况的变化实际上已经无法实施，或立法者如果不了解社会事实真相而盲目制定法律，实际上这样的法律将无法实施。只要"离婚为恶事"这样的观念还存在于真实社会，禁止协议离婚的法律就会被严格执行。但是，一旦失去这样的观念，不管法律条文如何严格规定，现实社会迫于需要，世人就会以"谎言"为武器不断挑战法律。如果这种情况普遍存在，那么有法律也形同无法律，毫无差异了。

同理，官吏的责任硬性化制度也有可能导致同样的事情发生。即使是公务员也得以食为天，也需要照顾妻儿老小，不能因为自己被免职而使家人流落街头。如果某下级官吏刚好负责某个地区的社会治安，假定这时候有个无法无天的男子跳出来引爆了怀中的炸弹。姑且不论这个男子不考虑地点，应该受到谴责，也没有绝对理由要求偶然在现场受命负责该地区的公务员必须承担完全责任。这个公务员是否应该承担责任，要根据该公务员的具体情况，以及实际警备有无松懈而定，但绝不能仅仅因为他恰好在案发现场而要求他承担责任。但是，现在日本的官员责任制实际上采取了极端的形式主义。如果车站上人山人海，不管站长如何注意也会有人掉落轨道吧？在这种情况下，如果站长没有偷懒而是已经尽了最大努力的话，他就不应该承担任何责任。责任应该由偶然状况下将人推进轨道或制造拥挤的人来承担。但是现今的实际问题是是否一定要交出一个所谓的“负责人”来承担责任呢？

责任只能在自由的基础上存在。如果规则掠夺了人的自由，就不能要求这个人承担责任。然而，万事都按照规则行事的政府或大型企业都试图通过规则从形式上规定雇员的责任。其结果只能使责任拘泥于形式化而完全丧失道德的依据。

公务员也必须生存，养育家人。不赋予公务员自由而一味地从形式上要求他们承担责任，他们会默默接受吗？不，这时候他们一定会伪装形式责任发生的原因，隐蔽事实，断绝责任问题的根源。简而言之，他们就会“说谎”。

列举上述事例绝不是对最近日本发生的某个具体案件的具体判断。但是，现在我们经常听到“官员说谎”的事情发生却是不争的事实。如果这是事实的话，思考问题发生的根源难道不是一项重要的工作吗？我认为其原因在于“责任的硬性化”。

如果父母完全不听取孩子的要求，只是一味考虑如何严格按照父母的想法来培养的话，孩子早晚一定会“说谎”。

## 六

大家仅从上述事例就已经了解到“谎言”在法律中发挥着怎样的作用吧！

首先，听了大冈审判的事例和罗马的“monstrum”故事以后，大家可以充分了解到：如果法律过于严格，“谎言”将具备拯救人的功效。无论诸君有多么正直也一定感叹原来“谎言”是何等的不可忽视。特别是如果一个国家的保守势力处于优势，法令将无法追随社会和人心日新月异的变化走向，其结果造成“社会”与“法令”出现鸿沟，即使有“法令”存在，但是实际上调节“社会”

的只有一个东西，即“谎言”。世人常常笑话法官是化石、不具备常识等，但是，不管何等程度的化石，不论如何不具备常识，他们也都是人，观赏美丽的东西也会感受到美，吃到甜食也会感到甜的人，因此，当他们直接面对被告人，直接听到被告人的声音，了解各种事实的背景时，即使有“法”的存在，也会从一个人的角度去思考如何处理或判决，这也是一个法官天经地义的工作。这种时候，如果法是一个可以伸缩自如之物倒也无妨，但如果法律严格且生硬，法官就必须求助于“谎言”。将无说成有或将有说成无来避免法律的适用，由此来满足人的要求。这并不是是非善恶的问题，而是事实！只要审判是由人来判断就会永远存在的事实。

另外，听到公务员说谎、西方离婚事例的各位，应该发现法正如现在很多人，特别是从事司法工作的人员所考虑的那样，并不是一个万能的东西，必须十分小心谨慎。只要有法就可以操纵万事，就连风俗、道德都可以改革，这是为政者容易有的观念。但是人并不如他们所想象的那么坚强、善于忍耐且柔顺。人能够做的事情大都有局限，如果法无合理依据而超越了限度要求，人们并不会因此就范服从。如果这个人是一个意志坚强、正直的人，他将会以死来抗法。如果这个人是一个聪明人，实际上大多数人如此，必定会向“谎言”求救，以此逃避法的适用。因此，法越严格，国民就变得越会说谎，变得卑躬屈膝。“暴政是对人的讽刺”，但是，实施暴政的人绝对不应该嘲笑国民的“讽刺”“谎言”和“卑微”，原因很简单，这是他们自己招致的，国民也和他们一样了解，应该热爱生命。

归根结底，一旦法不能适应社会的需求，“谎言”的功效就一定会应运而生，发挥作用。本文将在后面的部分阐述问题的善恶，总而言之，这是一个不争的事实。

## 七

大多情况下，人都相对保守且热爱规则，极度厌恶例外。

比如，如果这里有一部“法”，世界在逐渐变化的过程中出现了这部“法”所无法适用的新事实，在这种情况下应该采取的最合理的手段就是对该新事实设定一个例外，这是一个显而易见的道理。但是人们在多数情况下并不愿意采用这样的方法，而是尽量将新事实放进旧法中，为此就不得不改变事实，也就是说，即使“说谎”也在所不惜。

纵观人类法律发展史就可以发现，“谎言”实际上发挥着推动法律进化的中介性作用。英国历史学派创始人亨利·萨姆纳·梅因（Henry James Sumner Maine）在他的名著《古代法》、德国社会学派的鼻祖耶林（Jhering）也在他的不朽名著《罗马法的精神》中指出了这个事实，并从古代法律变迁的现象中找出很多实例。但是这种现象并非古代某个时期人类智力未开发的状况。其实自负文明高度进步可以用合理思维行动的近代文明人社会也同样存在无数这样的事例。

比如无过失无责任原则是罗马法以来发展起来，特别是18世纪末得以完全确立的原则。现在，日本民法以及欧美各国的法律都明确采用了这个原则。但是，近年来物质文明的进步和大工业化的发展，发明创造出大量对使用方极其便利，然而对他人却是极其危险、麻烦的商品，同时也发明出一些一般文化设施必需的设备，不，至少是如果有的话会更方便的设备，其结果却易于给他人带来损失。汽车、火车、大型工厂、水库、煤气罐等都属于这样的范畴。这些物品、设施确实极其便利，但是同时也很危险。如果按照传统的无过失无责任原则，无法立证加害者的过失的话，因这些物品、设施遭受损害的人们就无法请求损害赔偿。实际上，大多数情况都无法达到请求赔偿损害的目的。比如前一些日子，某地发生了煤气罐爆炸事件。公司方面称爆炸属于不可抗力，反之被害人则称应属公司的过失。按照传统的原则，如果被害人想要请求损害赔偿，就必须证明公司的过失。但是，煤气罐爆炸后一切都已经消失，被害人真的能够拿出证据来吗？要么完全不可能，要么至少是一件极其困难的事情。由此可见，这种案例与汽车撞人致死、因水库崩塌伤人造成财产损失是完全相同的情形。近代社会需要在传统的过失责任主义下建立无过失赔偿责任原则。

一方面，对于立法者来讲是已经到了必须顺应时代的新要求制定新法令的时候。“过失”不是唯一的责任原因，也有其他足够承担赔偿责任的合理事由的事例。简言之，我们已经到了在这个基础上制定新法律的时代。学者也开始行动起来，立法者也多少行动起来了。德国率先制定的汽车责任法就是其中的一个实际例子。但是各国的立法者仍然迟疑不前，其实在德国学者们纸上谈兵费尽口舌论战无过失责任论的时候，法国的法院事实上已经向前跨出了一大步。

法国法院将本来应该属于主观意识的过失概念客观化，不是追究本来无意义的主观性过失的有无，而是客观性地将某个状况下的事情视为理应有过失。虽然口头上仍然称之为过失，但是所谓的过失实际上已经与违法没有太大的差别了。如此，当德国学者试图从正面堂堂正正论证无过失责任理论时，法国的法院已经不声不响地达到了同样的目的。这种时候采用的武器就是“谎言”。法国法院以“谎言”为武器建立了新的法理。

现在，日本法官也经常尝试同样的事情。其中最显著的例子就是大正九年（1920年）9月1日的大审院[①]的判决事实。案件的大要如下：某人留下妻子单身赴美，妻子因为没有收到足够的生活费，便向别人借了二三十日元权作生活费，但是，当借主要求还钱时，妻子却以“民法第14条妻子未得到丈夫的许可不得向他人借取钱财”为由擅自取消了债务协议并拒绝还钱。实际上，这个案例只要存在民法第17条所列举的任何一项事由，妻子就可以无须获得丈夫的许可而无法取消上述协议。可惜本案并不具备这样的事由，从形式上来看不得不采纳妻子的说法。法院认为“丈夫出外打工挣钱，将妻子留在故乡远赴海外，数年时间断绝寄送生活费用时，留守者没有相当的资产填充生活费用，妻子为了维持一家人的生活，认可其在必要情况下借钱以维持生计的理由，即使未获得丈夫的许可从道理上也在理”，因此判决妻子方败诉。该案中妻子没有获得丈夫的许可是事实，

① 明治初期至昭和前期日本设立的最高法院。——译者注

但是如果确定没有许可结论就是借主遭殃，那就不合理了，因此，法院虚拟了一个许可，即事实上没有获得许可，表面上却装着存在的样子，为了掩饰使用了“道理上理所当然”以及“完全尽情理”的说法。该判决出来时，日本最热心于自由法运动的代表牧野博士解释这是“民法第 17 条例外由法院扩张的结果”。反之，持反对意见的法国派的老前辈富井博士则称：“不属于第 17 条的例外扩张，法院称事实上有许可的。”旁观这个小论争，我们除了表面的文字理论以外，也可以观察到两位博士的内心活动，这是一个非常有趣的案例。在此，“视而不见”的法国流派的处理方法与按照合理性方式试图建立进化台阶的自由法的观点形成了鲜明的对比。

## 八

由此可见，历史上的“谎言”强烈地呈现出它的社会功效，可以认为现在仍然发挥着同样的效用。这就是人类自负极具合理性，事实上并不具备的证据。

但是，从纯粹的合理性角度来考虑“谎言”是行不通的。将无说成有，或将有说成无都是极不合理的现象。因为一般情况下一切都应该是极其合理的状态，为此排斥一切“虚伪”“妥协”和“传统”的革命家基本上总是“谎言”的反对者。试图从法律制度排除一切虚拟，我们可以从这次俄国劳工革命后制定的法律中见到很多这样的事例。比如1918年9月16日的俄国法规定，全面废除养子制度。据说理由书中有如下叙述：“亲子法中，我们的第一法典排斥了所有虚拟，事实陈述真实的状态即实际的亲子关系。不仅通过语言而且让民众习惯通过事实向大家陈述真理，从各种迷信中解放出来。”因此，从合理的观点来看，法律中大量使用“虚拟”并不是一个值得欢迎的现象，应该理解为其间隐藏着有必要修改法律的暗示。但是世间既然存在那么多不合理的事情，那么采用“虚拟”的方法达到事实上修改法律的目的也是极有必要的。耶林在《罗马法的精神》中为了阐述这个真理，曾说“在没有具备解决真实的方法时就放弃虚拟如同让跛脚的人扔掉拐杖”，并称“如果世上不存在虚拟的话，对后世带来巨大影响的罗马法的变迁，恐怕有很多部分都会大幅度推迟吧”。

同时，耶林也意识到“虚拟”并非完美的解决办法。发生“虚拟”是在暗示有必要修改法律，不，应该说是暗示法律实际上已经被修改，希望我们能够把它当作一个进化的阶梯来使用，特别是因为谎言原本没有法规，因此，法院通过这样的方法来协调世间的变化与法律之间的关系时，如果“谎言”是唯一的武器，那么法院如果不具备真正的值得信赖的宏伟理想，世人将无法安心生活。即使是一个真正值得信赖的卓越理想人物，仅因此就让我们信任放心的话，跟让我们相信明君、容许专制政治毫无二致。经历法国革命洗礼后的近代人怎么能接受呢？他们追求真正应该信任的“人类以外”的某种衡量标准，寻求一种保障。

还有，如果法律固守成规，法官也陷于僵化，那么被适用法律的人们将自动开始“说谎”，这个事实之前已有详述。很显然，这绝不是值得欢迎的现象。小孩子常说谎是因为父母顽固刚愎。父母和国家应该反省自身所采取的态度。而法官在这种情况下应该采取的态度就是觉悟修改法律的时期已经到来，到法律修改前保持“视而不见”的态度，以“谎言”来包容“谎言”。

## 九

人都喜好公平，特别是长期倍受不公平折磨的近代人，视公平价更高。“法律面前人人平等”，这是一般近代人对国家的根本要求。由此，所谓法治主义实际上是源于这样的要求而诞生的制度。

法治主义即预先制定好法律，然后万事按照法律规定执行的一个原则。所谓预先制定的法律就是事先制作一个衡量工具。但是，衡量工具是以固定为本质，与“伸缩自在的衡量工具”是自我矛盾的概念。比如，如果有某家和服店使用橡胶制作的“伸缩自在的衡量工具”来卖布的话，恐怕谁也不会相信吧？同理如果国家制定了法律，但是法律毫无制约地随意伸缩，那么国民必定无法了解处罚的依据，定会爆发不满。

但是，即使是如此热爱公平的人们，如果法律的衡量工具毫无伸缩顽固不化，想必也会有人提意见。人们在要求公平的同时也憎恨迂腐思维。虽说从表面上看不得不说这是极其矛盾的要求，但是这就是实际的矛盾、任性。人性如此，毫无办法。既然人的本性如此，那么实施法律也必须满足这样的矛盾和任性。因为，我们不是在构建“理想国”的法律，而是思考现实中人类世界的法律。

然而，大多数提倡传统法律的人们似乎没有意识到人性是如此矛盾、任性。其结果，他们有的希望在法律面前人人平等，同时主张不能要求法律伸缩自在。这样现存的法律在处理具体问题时，尽管在普通人眼中适用不当，也会照常适用，然后简单地用“这就是法律，必须适用”来推卸。真是非常勇敢的态度！但是，如此勇敢果断顽固如磐石的人们是否内心完全没有某种不安呢？不，他们也是人，看到美好的景色会感叹，听到悲伤的故事会悲哀。在果断斩首后他们的心中一定流着“男人的眼泪”。如果没有流泪的话就不是人，对他们来讲，执“法”断“案”即如绞肉机般的机械运动。我们决不能让这些机器人高居尊位来处罚人类。

那么，心中暗自流着“男人的眼泪”而断然斩首的人们如何呢？我认为这类人虽然志向宏伟，但同时也不得不称他们是愚蠢的人。因为，如果法是一个固定的、毫无伸缩之物，世上的矛盾、任性的人类一定会因怀疑“到底法律为何存在”而怀疑法的存在价值。如此一来，其中正直且有勇气的人们将会试图破坏法。同时他们中间一些聪明且热爱生命的人将会考虑如何悄悄地、巧妙地钻法的空子。即使钻法的空子也要生存下去。

他们中间正直且有勇气的人将不堪忍受长期“说谎”。他们会思考如果“说谎”不如赌上性命去破坏法。他们为了不“说谎”生存下去，并且为了避免子孙也继续“说谎”，将会试图破坏法。其实，认为法是固定不变之物且必须按照固定之物的模式来处理的人们最恐惧的革命家，实际上就是从这些正直有勇气的人中诞生的。

此外，不是那么正直，或者缺少勇气的大多数聪明人便会试图想办法钻法律的空子。法虽是固定之物，但如果存在某种事实就必须适用的话，除了将有说成无以外没有其他办法逃避法的适用。如果热爱生命的人们采用这种方法寻求拯救的话，不得不说事实就是如此。那么认为法是固定之物并按照这样的观点行事的人们会期待这样的结果吗？不，这应该是他们最憎恶的，但是不管他们如何憎恶它，热爱生命的人们是不可能停止“说谎”的。如果他们意识不到这个无法否定的人生的重要事实，不得不说极其愚蠢。

河流汪洋流畅。人们想让河流的幅度变窄便在右岸建筑铁壁。水就会撞上铁墙试图破坏，但是当意识到事实上无法成功的时候，水就会转向左岸，冲破松动的河岸滔滔而下。这时候如果只是躺在右岸铁壁上做太平梦的话，没有人会否定这是愚蠢之至吧？世上有主张“自由法”的，同时也有高呼“反对自由法”的。其实，那些“反对”的人们正如梦想阻止河流、满怀壮美感的人们，实际上也是没有意识到左岸已经要崩溃了。这些人应该走出书斋，离开红砖瓦的市公所，带着无瑕的眼睛以观察现实的眼光去直视现实。其实，这并不是一件费劲的事情，他们马上就会发现对岸将被破坏的事实吧！但是，他们中间也有一些聪明人，口口声声主张法是固定之物，实际上却无法按照固定之物来处理。连享受壮美感的勇气都不具备的人们，他们会拘泥于传统或独断口口声声宣扬法的固定，实际上却无法付诸行动。那么，他们是如何跳出这个矛盾的困境的呢？他们使用的武器常常就是“谎言”。

当然，保守分子处于优势的社会的法官或者法治国家的法官不得不采取这样的态度。因为，他们身处不得不采用这样的方法来协调法与人之间矛盾的困境。然而，当我们看到某些学者丝毫不受法律、社会约束，为了使传统专制与人类的要求合乎逻辑，或有意或无意地“说谎”时，就让人无法容忍了。他们应该采取的态度就是一方面必须修改法律，另一方面也必须肯定、创造法律的伸缩性。如果他们觉得采用一些细微的“谎言”就可以协调法与人类的矛盾，并认为由此可以坚守自身的独断传统的话，不得不说这是一个极大的自我错觉。

## 十

我们最终必须走的道路就是既要求公平，又让那些厌恶墨守成规的人们创造他们真正满足的法律。

近代欧洲首先提倡应该走这条路的应该是法国的尚尼（Gény）吧。他针对传统的试图通过“谎言”来弥补的合理性观念，提倡有关法的新概念。其结果卷起了一场自由法运动，并在十余年前开始影响到日本的法学界。但是，当时仅仅只是在法学界引发一场抽象性的讨论，基本上不具备现实背景。然而第一次世界大战以后，由于日本经济状况及社会思潮发生了翻天覆地的变化，在法与人之间突然出现了一个巨大的鸿沟，由此自由法思潮重新找到了抬头的机会。事实上，这就是法律的社会化为名的抬头。

的确，这不是一个值得欢迎的现象。但是在此我们不得不考虑的问题是如何让憎恶墨守成规和盼望人情味审判的人们都不放弃对公平和保障的追求。经历过法国革命洗礼的近代人已经充分意识到追求虚幻缥缈的自由反而是招致19世纪以来社会惨祸的根源，但他们依然保持着对自由的执着。同时，他们也充分理解到法治主义一旦过头便会成为墨守成规的祸根，但仍然不放弃公平保障的思想，因此，即便我们在高唱自由法，主张法的社会化的时候，也丝毫不能忘记确保人们的自由公平和保障。

最近，虽然看到很多学者都提倡自由法，主张法的社会化或主张法的理想、法的目的，以及公共秩序、善良风俗，但是不见谁提出真正满足社会的公平保障要求的积极方案。这既容易拘泥于传统，同时也鼓励容易受精致理论陷阱阻碍的满腔热情的年轻人勇于投入“新组织”的战斗。同时，也对打破根深蒂固的传统“概念法学”“官僚主义”“形式主义”具有效力吧！但是，如果学者的工作仅停留于此的话，其绩效也极为短暂，只能是一个过渡。仅仅只是打破了陈旧的传统却并没有为人类文化建设新事物。也许当他们终于打破“概念法学”“公平”“自由”的要求时立即就会有人向他们发起攻击吧！如果这样，与那些自身偶然处于浪尖就嘲笑低谷的人有什么差别呢？最终，他们也会落入谷底被后面追赶上来的人嘲笑。这到底有多少文化价值，我持怀疑态度。

然而，不断鼓吹虚幻缥缈的理想高唱“公共秩序、善良风俗”的人们，最终只能成为容忍法官专制的牺牲品。而不断主张自由法的人们当他们最终到达目的地时，再度寻求保障自由公平也毫无意义。我们所追求的是在保障自由公平的同时，并不落入墨守成规的陷阱。换言之，就是“保障实质性的公平”。

在传统审判中，为了体现实质性公平或具体的妥当性所采用的手段大约有两种：一种是名判官主义，另一种则是陪审制度。如果让名判官自由自在地审判，人们可以期待实现每个案件被具体妥当处理，但是这与疲于现代政治的弊端而讴歌明君专制主义同出一辙。我认为文化就是让只有某些特殊的人才能做的事情转化为所有的人都可以做到，而学问就是让这件事情变得容易的手段。如果没有名判官就不能实现名审判的话，这是对法学的否定。这种论法跟只要有名工巧匠，就不需要本多光太郎博士[①]没有太大的差异。我们需要制定没有名判官也能实现名审判，即在各种具体情况下都能确保具体妥当性和实质性公平的法律。反之，当我们赢得自由法的瞬间将不得不开始怀念自由与公平。

此外，陪审制度也是适合同时要求法与人性的方法，即采取与名判官主义完全相反的手段来达到同一目的的方法。法官容易拘泥于法本来的目的——公平的要求，其结果容易造成审判失去人性。解决这个问题的方法就是让多数外行人列席法庭来确定嫌疑人有无犯罪。这样的审判方法对于应对社会的不断变化，使法具备伸缩性有一定的功效。但是，有时候伸缩性过于敏锐也容易被各种具体情况所支配，其结果容易丧失理和公平。

---

① 光太郎博士，指本田健太郎（1870—1954），是日本著名的物理学家和金属工学家（冶金学家）。不仅在日本，在国际上也是研究有关钢铁与金属的冶金学、材料和物理学的先驱创始人。在日本被誉为“铁之神”“钢铁之父”。——译者注

从这种意义上来讲，名判官主义与陪审制度相比各有千秋。对那些憎恶墨守成规且期待确保自由公平的现代人来说，两种方式都有缺点。

## 十一

我们都希望有一个尺度标准，但是同时又要求它是一个有伸缩性的衡量尺度标准，实际上这是一个自相矛盾的要求。但是，既然这是人的特性，那法就必须满足这种矛盾的要求。

在此，我相信今后制定的法必须是能应对各种不同具体情况的规则性伸缩尺度标准，法学也必须是追求伸缩的法则。自由法运动如果仅仅是追求橡胶般伸缩性尺度标准，那就只具备破坏过去的效用。

那么，怎样才能制定规则性伸缩的尺度标准呢？实际上这是今后法学道路的唯一方向，并且是极其困难的课题。

从本人的观念来讲，传统的法与法学之间的根本缺点就是怠慢对其研究对象人的研究，并且随意将其设为某个东西，即将本来属于“未知数”事物的数值轻率地转换为没有经过充分实证性研究的“已知数”。的确，所有的学问都以假设为前提，因为，所有疑问得到的数据（即使是假设），如果不是已知数就无法得到正确答案。但是，在这种情况下，可以利用的假设必须具备或然性，且建立在经过充分实验的基础上。简言之，传统的法学家与经济学家将本来应该是X的人轻易地转换为A或B，并假设人是具备合理性、利己性的。如此一来，学者就容易流于形式主义，这样还能够得到正确答案吗？人虽然是合理的，但同时也具备不合理的层面；虽然利己但同时也具备非利己的层面。以如此轻易假设的人为基础所推断出的结果自然无法针对每个具体情况发挥具体妥当性。

因此，我认为至少在法学范围内，人必须以真实的人，即用本来的未知数X加入方程式中。当然，应该以人类长期努力得到的实证性知识为基础尽全力在X中探求已知数的分子。但是，非常遗憾的是依据人类迄今所了解的知识中X的已知数分子还并不多。从结论来讲，我们仍然不得不容许存在庞大数量的未知数分子。因此，将这个X随意转换为A或B是极其欠缺谦虚且轻率的举动。即便如此，因为将X直接作为X无法形成学问，所以需要想尽一切办法让它成为已知数。为此，首先必须尽量在X中求得已知数的分子a、b、c、d等。但就算这样，我们也必须清楚仍然会留下大量的未知数。假如将未知数作为x，传统法学只是简单地将

X 转换为 A 或 B，然后建立 a + b + c + d + x 的方程式。当然，这种情况下这个 x 值将全部交由法官或陪审员来决定。因此，不论法官还是陪审员所持观点如何，最终都对结果判断发挥重要作用。总之，与轻率地将 X 转换为 A 或 B 相比较，它可以更多地对各种情况发挥具体妥当性作用。同时，如果将 X 直接作为 X 全部交由法官或陪审员来判断，可以更多地保障“公平”。由此 a + b + c + d + x 中的 a 、b 、c 各项，或成为 a’ b’ c’ 等，再或成为 a” b” c” 等，在保持相对关系的情况下，“答案”将处于流动性。我认为追求这种流动性原则将成为今后法学前进的目标。

我们应该尽量利用科学所获得的成果但又不能过于相信这些成果。不得不说，我们必须觉悟 X 中会永久残留 x ，即轻易将 X 转换为 A 或 B，由此认为自己发现了正确答案是一个极大的自我错觉。我们应该通过科学的彻底解剖，在遗留未知数 x 为理想的基础上，法学必须是如此正确的事物。

## 十二

本人作为法学家的主张，具体就是提倡“判例法主义”。希望在解剖大量判例过程中在求得 a + b + c + d

＋ x 的基础上，寻求与答案之间的相对关系，作为推断未来案件中出现的具体妥当性为何物的材料。因此，我认为每一个判例都不是固定法的单独适用，而是寻求具体妥当性推断千变万化的法为何物的重要材料。

从这种意义来讲，我确信今后的法学教育必须走向“判例法主义”。按照传统的假设可以将 X 置换为 A 、B 等寻求正确答案的法学无法让学生了解到法的精髓。若人们仅限于学习理论和熟练的技巧，不得不说这样的法与真正的法相距甚远。

我从今年春天开始采用案例法学教学法，现在被很多人视为问题。但是，这绝不是传统的所谓演习，我认为唯有通过这样的方式才可以传授真正具有生命力的、具备一定法则有伸缩性尺度标准的法律。

摘自《官吏学三则》

岩波现代文库、岩波书店

2000 年 2 月

译者　吉田庆子

# 传而不习乎

北大路鲁山人

北大路鲁山人（1883—1959），本名房次郎。日本艺术家，拥有篆刻家、画家、陶匠、书法家、漆艺家、烹调师、美食家等多种身份。

以前的料理简单之极，而今却变得烦琐至极。

要说哪个更美味，似乎以前的料理更胜一筹。至少现在的料理逐渐变得糊弄已是不争的事实。何出此言？因为以前的料理虽然做法简单，选用的却是货真价实的优质食材。

最近，听说某会馆开始做鱼料理。我也在开业之日前往尝试。据称经营者是众所周知饮食奢华且为人绅士的○先生，而招牌掌厨人则是曾在法国知名鱼料理店干过七年、十年之久的厨师，可见○先生对餐厅寄予的期待度。

可是，我去尝试之后却大失所望，店里摆放的鲜鱼皆为二等品、三等品，让人目瞪口呆。

刚好我在店里的时候看见〇先生出来对着大堂经理大声训斥道：“不论什么菜肴都必须做得美味可口，绝不能不好吃！”对食物极其挑剔的那位绅士既然这样说，一定是想让厨师做出最好的菜肴让大家品尝。似乎这也是他决定做鱼料理的原因。

〇先生是位不错的美食家，品尝过各式各样的美味佳肴，自然能分辨出菜肴是否美味可口。摆放在店里的鲜鱼一定经他过目，可遗憾的是他并不懂得分辨鱼的好坏。也许他认为只要达到这个程度即可。他可能觉得只要厨师具备手艺就可以做出美味的菜肴，非此即彼。

但是，开业吉日摆放出来的鲜鱼，只有这种程度的成色，我开始感觉不妙。不出所料，上来的菜肴的确不敢恭维。

从某种意义来讲，料理最关键的还是食材。只要食材好，即使厨师的厨艺不甚精湛也可以甜辣各得其所，有滋有味。

然而，对品尝菜肴方的吃客来说，一开始就被厨师技术如何等吹嘘所诓骗，以为必定美味，这样的思维本身只能说非常肤浅。无论在哪里，不好的东西就是无法恭维。

纵观料理界，不论料理店经营者抑或手艺人，无人堪称绅士。当今料理界是什么情况，事实胜于雄辩。他们大多数连普通的教养都不具备，自然也不阅读，无人能解情趣。就算培养也无济于事，至少现在的状况就是这样了，今后恐怕也不会有什么改观。他们似乎都深信做料理是二流下等活儿。

这种认识从他们的所作所为便可知晓。

以料理屋的建筑为例。看看那些建筑，他们视为美丽精致的建筑是何等的低俗。因为资金不足就敷衍了事的建筑本身就令人不悦。当然，若是经济上的原因的确也无可奈何。可那些所谓煞费苦心，投资甚多的理想建筑，很多时候也太低俗了。

究其原因，他们不懂什么才是好建筑。和室的字画亦如此。所谓古画却是赝品，所谓新画都是些拙劣之作。岂有此理！就连装盛料理的餐具也一律如此。总而言之，料理屋的主人不具备鉴赏艺术的能力。其中也不乏上当受骗，花高价买赝品却扬扬得意的情况。

他们的装扮也将这一点表现得淋漓尽致。沉醉于一些流行的低级趣味，一个大男人掷百元制作和服，花二三十日元买一双木屐，便扬扬自得。就连盘腿坐时，也要炫耀一下昂贵和服的里子和内衬，以视为莫大的喜悦。所作所为极尽无聊愚蠢，不可救药。此外，他们还热衷于赌博、赛马。如此状态下，他们的料理自然每况愈下，全然忘记了料理的本质，做出一些华而不实的流行料理、噱头料理也就不足为奇了。

前几日，三越百货举办了一个料理展览会。本想或许有可借鉴学习之处便前往参观，可结果不尽如人意。总而言之，排列的都是一些不堪入目的东西。当然，必须认可大家付出的心血，但是这些苦心的结果只能显示出他们是何等的无知！无人尊重食材脚踏实地做料理。他们确实做出了一些技术考究的东西，却也只能称之为儿戏，能够视为儿戏的倒还好，其中有很多居然把做料理当作一场闹剧。看看他们扬扬自得的模样便可知他们是何等的自以为是！

这个料理展览会在五楼举办，碰巧当时六楼正在举办木雕和水彩画的展览。这位美术专家到底是专家，从艺术的角度来说比楼下的料理展览会像样多了。不过，当我们仔细琢磨展出的内容后，不得不说跟楼下料理展览会的低俗一般无二。美术专家雕刻的观音菩萨一副艺伎相，雕刻的财神爷像单口相声中的百变脸谱，归根结底这些艺术品并未呈现出我们心目中的形象。雕刻技术的确有所提高，可低俗的内容跟料理展览会如出一辙。由此看来，只不过是一些人碰巧遇上机缘做料理，有的人有缘做雕刻，或某些人有缘以水彩绘画为职业，但是他们的价值观相差无几。一句话，没有用心！

那么，为什么他们做出来的东西如此低俗不堪呢？归根结底是没有能够充分理解食材、木雕、水彩画究竟为何物。虽有巧妙的勾画，却没有抓住事物的本质。说到底是因为他们根本不了解事物的本质。一句话，没有天赋，缺乏诚意。可是并非我不予评论就等于世上没有人称赞了。不是没有，居然有很多。例如用萝卜雕刻出精巧的仙鹤、精致的寿司拼盘等都颇有人气。木雕、水彩画也有购买者。可是，真正具备鉴赏能力的有心之人是无法给予赞赏的，其本身也不值得花钱购置。制作方低俗不堪，观赏、购买方同样俗不可耐，物以类聚罢了。

世间文人不计其数，可是他们有巧妙的文笔却无法评价帝国美术展的新画。他们根本不具备欣赏帝国美术展的能力。或许，以往便是如此，百分之九十九都被那些低俗的作品占据。然而，随着时代的发展，虚假的东西怎么都渐渐更趋于恶劣？总之，越来越敷衍了事，越来越不认真，这是一个不争的事实。当然，其原因是多方面的，也有社会经济关系的影响吧！就料理而言，不仅料理鱼目混珠，食材本身也以次充好。

拿牛肉来说。研究牛肉本身无可厚非，可研究目的并不是钻研如何还原牛肉本味，而是在色泽方面下功夫。说起鸡肉，本应思考如何保留鸡肉的原味，可人们却以为鸡肉越嫩越好，于是就把鸡肉做得软嫩当作一件能事。此外，如是为了降低成本以越便宜越好为宗旨，便一味地研究如何控制成本。然而，这并不是有效降低成本的方法，成本虽低可食材本身也是滥竽充数，鸡肉没有鸡味，事实上反而成了折本买卖。现在，选择食材变得越来越难。但对一般人而言，能够满足于这样的低俗料理也是因为不辨食材真假，或者即使了解，在不知不觉中也习以为常，感觉不到了。如此下去，人们将无法辨别料理的真伪，好料理也将逐渐消失，实在令人遗憾。

近日，东京国立博物馆开始热心研究不断更新陈列的艺术品。优秀的艺术品也接连不断地进入公众的视野。美术家们也就是那些画家、雕刻家等都慕名前往，可实际上去参观的美术家为数甚少。大家一定会猜想美术家肯定会按捺不住心中的喜悦踊跃参观，可事实并非如此。因为他们就算去参观展览也会觉得索然无味。何出此言？因为这些艺术品无法激发他们的兴致，无法激发他们的感慨。理由很简单，因为他们没有鉴赏真东西的能力。看了也不懂，即使强迫他们去参观也是白费心机，不了解的东西也毫无兴趣可言。既然美术家们已然如此，其弟子们亦不会自行前往。自然不会有因为老师推荐来参观的人。那么先前的展览又如何呢？的确有许多人不请自来。怎么会想看那些无情趣的东西呢？想必是涉及那些人的谋生手段，实属无奈之举。真正为了吸收学习而到博物馆参观的美术家寥寥无几，反倒是美术爱好者们居多。

如此风潮在料理界更甚，几近无可救药。转念一想，其实不光是料理界，家家户户每到新年都会插花添加一些自然的美的情趣。可是现在那些传授花艺的老师们也跟料理人毫无二致。仪表、言辞着实让人不敢恭维，可想而知他们对插花的欣赏态度，即使懂得花木本身的美却不理解花木中所蕴含的自然情趣。倘若果真了解花木，就应当懂得该如何选用花器，对花器具有高度的鉴赏力自是理所当然。可这些人选用花器时根本不考虑花木，不仅丝毫没有体现出花木之美，反而让人迷惑究竟是想让大家赏花还是赏花器？这些花道的老师们似乎与自然的情趣无缘，毫不相干似的。

摘自《北大路鲁山人的美食手册》

美食文库、角川春树事务所

2008 年 4 月

译者　涂丽君

# 平民道

新渡户稻造

新渡户稻造（1862—1933），出生于日本岩手县盛冈市，日本近代著名国际政治活动家、农学家、教育家。札幌农学校（今北海道大学）毕业。历任国际联盟副秘书长等职，一直致力于增进外国人对日本的理解工作，也是东京女子大学的创立者。1933年，新渡户代表日本出席了在加拿大召开的太平洋会议。名作有《让我们成为连接太平洋的桥梁》。

## 在渡美船上的感慨

前些日子借一本杂志的空白处论述了关于民主政治的问题。这次没料到获得去民主政治的宗家美国访问的机会，自己所论述的事情是否与他人特别是前辈们所叙述的相吻合，或背道而驰，借此良机，可以验证一下。

从横滨出航时，恰好与来送亲戚的文学博士远藤隆吉先生在甲板上相遇，他将《社会及国体研究录》的第一号交给我，并说道："居然有人认为民主政治是与国体截然不同之物，令人叹息。这次就是出版这样的研究录以解众惑。"我被他的这句话深深感动。

我与该君虽平日并不亲近，当时却有高兴得简直想高举他的手摇晃的冲动，但是嘴上只是不断重复着："好啊，好好干！"

## 民主政治与平民道

正如纸上所述，民主政治是现今世界的大趋势，与此背道而驰的结果让人极其担忧。这不仅仅是因为流行我才趁着这个势头来提倡。吾辈的主张并不是现在才开始的，而是二十年来所信之故。因偶尔在这里论述容易招致误解所以特别谨慎行事，吾辈所信已经在各种著作中流露。十余年前在大阪演讲，美国的温赖特博士在听完我的演讲后曾说："我一直以为你是一个鼓吹武士道的人，今天听到你的相反论点，非常吃惊。"当时，我告诉他："如果熟读拙著《武士道》的卷末就会真正了解我的主张了。"由此可见，今日我所论述的民主政治绝不是现在才开始的，虽然担心大家会认为民主政治这个词成为流行语，所以我的论述也紧追潮流，加上因为这个词被翻译为民主主义或民本主义而让大家担心是否与国体背道而驰，在此我建议将它简单地翻译为平民道，不知意向如何？

武士阶层的道德被称为武士道，并且这个名词过去不常使用。关于武士道的言行有松阴先生[①]以及其他多人使用。自不必说武士一词早在古代就开始使用。然而与武士道相提并论的汉字词并未普及。我曾多次寻找这个词的出处，原来一开始使用时并没有依据任何先例。但是现在提起武士道这个词没有任何人会疑惑。本来武士道并不是国民一般的普遍性道德，仅为少数人遵守之道。但是武士制度废止以后，士族便成为户籍上的一种称呼，我们没有必要承袭这个阶级的道德。今后必须是国家的道德，更加广泛的、无阶级区分的、一般民众所必须遵守的道德。此外，国际联盟所极力主张的世界，将“武”作为重点道德认可的范围是极为狭隘的。即使无法建立国际联盟，与以武为中心的道德相比，以和平为理想且以和平为常态才最合理。况且如前所述，今日士族已经不是一个阶级，昔日讴歌“做花当作樱花，做

① 指吉田松阴。——译者注

人当为武士”的时代已经过去，以武士为理想或标准的道德也将沦为落后时代的产物吧。相比之下，而今以民为根本的标准，以此标准为中心的政治和道德的时代已经到来。因此如果察觉到对武开始提倡和平，对士开始提倡民众，民众的思想将更开阔更稳定，那么今后主张平民道将会比武士道更符合时代的潮流。

## 平民道是武士道的延长线

如此说来，大家会觉得我似乎是一个追随时代而改变思维的人。实际上随着时代的变迁，词汇发生变化或者重点倾向各异是极为正常的事情。根本性的观点是不改变的，但恐怕就是古代圣人也会根据场合自在地改变主张。“看人说话”就是这个意思。即使使用同样的文字，但如果改变内容，虽乍一看感觉还是在贯彻，但是意思已经不同。反之，即使改变用词仍然坚持思想的也大有人在。

现今即使文字照旧是“武士道”，但意义上已掺入与先前不同的思想。比如明治以后虽然大家都已经不提士族了，但出现了很多广义来讲升级为士族的人物。以学士为首有代议士、律师等。从更广的意义来讲还有国士和辨士，即这些新的士族已经与以往不同，不靠武艺营生。与平民即一般国民相比，他们都是受过高等教育之辈，且他们名誉地位较高，深受社会的尊重，大家都对他们充满仰望。因此继续高歌“做花当作樱花，做人当为武士”并未见得就是落伍于时代。但是，现今的所谓士已经与过去狭隘的武士阶级大相径庭，每个人都可以凭借自己的力量自由地获得荣誉。可见即使使用同样的文字但其内涵已经截然不同，其宗旨已经出现很大的差距。当然使用别的文字来贯彻这个宗旨也无碍。我的平民道不过是武士道的延长线而已。拙著早已论述武士道之阶级不应作为道德永久持续，应在开发人类智慧的同时将武士道开辟为平民道。武士道肩负着指导平民如何将理想从低级提高到高级的重任。我主张今后为平民道而非武士道的原因并不是呼吁大家放弃武士魂而成为村民百姓之心，而是因为武士道作为一般国民道德的规范，就连村民百姓都崇拜源义经、丰臣秀吉，或加藤清正，尊重武士道，由此应该利用早已存续数百年的武士道寻找提高村民百姓道德的策略。正如实施征兵令规范国防义务不仅限于武士阶层，应该教诲大家这是所有阶级的共同义务，不！也是权利，忠君、廉耻心和仁义道德不仅是士族子弟都应该遵守的义务，身为日本人，不！是世上所有人都应该遵守的义务，即可视为将平民提高到士族的地位，换言之，无非是将武士道的范围扩大到平民道。

有武士才有武士道的兴盛，但如大家研究过历史的隐然之力即可发现，即使起初无名称，也是先有武士道才出现武士的。如“道之道非常道”，武士之道在需要一个名称来称其为武士道时，并没有道破武士应遵守的常道。

所谓武士道之名出现之前，忠君之念、廉耻心、仁义、人道思想在部分先觉者中出现，他们就是所谓的“士”，之后武士阶级兴起后才开始鼓吹武士道的。现今虽然这个武士阶级已经废止，但其根本的所谓常道绝没有消逝。如果万民都参与的话，其效果将远远超出以前，且定会有益于道德。如果万民普遍执行那么就不称其为武士道，即是我命其名为平民道的理由。

## 民主政治是国家色彩

有人一听说民主政治就马上会把它与政体或国体联想在一起，我曾多次反复试图解除这个误会。民主政治绝不应仅局限于共和政体。自然共和政体与民主政治的关系非常紧密，但两者并不是同一事物，担心国体之士与右两者关系甚近，反而因为距离太近杞人忧天视其为危险物，恰如如果因君主国家与专制国家的关系甚近就将君主国家视为危险物，反倒危险至极吧？据我观察，民主政治并非国体也非形式，更应该换言为国家的品行或国家的特色，因此将其称为共和政治，民主政治色彩仍然较弱。参考罗马史，即使在屋大维时代也与这种政体有名实不符的感觉。较近的有拿破仑三世时期的法国到底是采取了共和国模式还是帝国模式，让人觉得难以定夺。此外，例如虽名曰君主国但实际上盛行民主政治的英国，名称与形态都是君主国家，但其性质和色彩却的的确确是民主政治。我常说民主政治不会有损国体就是缘于此。不得不说，如果不理解它的意义将有可能使日本国体远离世界趋势、人类要求，有远离政治之根本的危险。如前所述，跟武士出现之前已经有武士道的大义存在是一个道理。我认为在政治民主主义实施之前不管是道德性还是社会性，总之从政治根本之处实施民主政治才能结出政治之果。简而言之，有民本思想才会出现民本政治。民本思想就是前述平民道，生存于社会却因贫富、教育的有无，家庭背景或其他任何人格以外的差距而造成一方被侮辱，另一方愤怒；一方自高自大，另一方妒忌；一方随心所欲行事，而另一方卑躬屈膝。如此一来即使在政治上主张民主政治恐怕也只是纸上谈兵，实质益处极少吧。尽管如此我并不认为对于政治上的压制仅仅主张思想性的民主政治就足够。主张政治性的平等与自由如果能够为实现思想上的民主政治推波助澜，也应该鼓吹政治性民本主义，但事情的顺序应该是在一般人民心中培养平民道的基础，水满则溢，终及政治。

美国为民主政治之国并不源于其共和政治，美国人在还未独立即在英国王的支配下形成殖民地社会时，就轻视人格以外的社会阶级和官尊民卑的差距，且无职业的高低区别，非凭借家庭背景和教育评定人的地位，人皆平等，由此建立相互尊重人格和主张的习惯，堪称今日美国的民主政治的渊源根深蒂固。

摘自《实业之日本 二二卷一〇号》

实业之日本社

1919 年 5 月

译者　陈怡如

# 歌舞伎与舞蹈

折口信夫

折口信夫（1887—1953），日本民俗学家、国文学家、诗人、歌人，号释迢空。他的研究被称为“折口学”。折口信夫是柳田国男的高足，他奠定了民俗学的基础。

东京的舞蹈家跟京都、大阪的截然不同。虽然人们说东京的日本舞与歌舞伎的历史有千丝万缕的联系，但是京都的日本舞是从能乐艺术中分离出来的，因此京都和大阪的舞蹈跟戏剧的关系没有那么密切。

东京到底是有一段漫长的历史，更没有舞蹈演员受舞蹈束缚这一说法。演员都有自己的专业。如果舞蹈家一味极端地附庸表演，舞蹈家最终会自涸源头。

其实，在我们看来，反倒是能乐或戏剧以外的形式更让人滋生舞蹈的感觉。所以，很多人会觉得这还算是舞蹈吗？似乎舞蹈本身早已演变成一种不纯之物了。

现实已然如此，所以，必须从根本上来探讨这个问题。按照这样的说法，如果仅将歌舞伎的动作和表现姿态作为舞蹈的正途的话，那就另当别论了。事实上，像现在这样的组合，如果只是反复重复戏剧的老路子，歌舞伎本身也将面临消失的危机。

就现在的情况来说，东京有很多舞蹈名家。如果他们都像菊五郎等人那样把对艺术的追求专注于歌舞伎的话，那么今后将会孕育多少伟大的演员啊！然而，让他们一跳成名的那曲舞其实就是他们的歌舞伎生涯走向没落的起点。这一点，我想大家不会没有意识到吧？

再者，三津五郎如果不会跳舞的话，以他那特征鲜明的容颜，或许当演员可以获得更大的成功。因为舞蹈，他反倒沦为平庸的演员。对他来说没有比这更遗憾的事了。

所谓歌舞伎，虽然曾在某个时期存在着诸多问题，但那些问题其实并不算是问题。

当然，歌舞伎本身也应自行爬梳剔抉。歌舞伎的问题在于从发祥期开始就是一种无法将其原有的戏剧因素自由延伸的舞蹈，两者一直处于平行状态。

当歌舞伎辉煌不再的时候，就用舞蹈来做衔接，历来如此。从歌舞伎本身的观点来讲这理应是一件悲哀的事，即使从舞蹈的角度来看，也并非是件值得欢喜的事情。如果不将歌舞伎和舞蹈当作两种不同形式的艺术体裁区别对待的话，无论如何都是行不通的吧。

我们先姑且不论什么高级艺术，舞蹈本身在某种程度上讲就是高级的，但是从整体来看，民俗艺术这种东西自降生起就已决胜负，之后只是逐渐积累集大成而已。

对于新式舞蹈，我在这方面没有什么发言权，不过未来的发展趋势必然会有一定的发展宏图，当然还必须有一定的目标。如果只是用花拳绣腿花样繁多的动作表演来追求短期效应的话，那么它将无法满足时代的需求。因为民俗艺术与舞蹈，本身就是两种截然不同的事物。

新式舞蹈不具备感电般的冲击力，不是恰好说明了它缺少足够的深度，大都只是依靠一些突发奇想的创造吗？

迄今为止，那些所谓古典舞蹈复兴的玩意儿，它们将现代舞蹈中已经消失得毫无踪影没有遗留下任何形式的东西复活后展示给大家，可我并不认为这种做法值得信赖，让人从始至终都疑神疑鬼无法欣赏。试演固然很重要，如何保持并延续传统艺术的完整性更重要。

如果可能的话，我希望保留这些古典舞蹈的形式，重现废曲，采集整理，重新向世人展示。无论做何事，努力总归是一件极好的事情。

但是，复兴已经禁演的舞蹈必须具备文艺复兴的热情，掌握方法才能成事。从收集民俗舞蹈方面来看，需要舞蹈家们大力举荐、积极参与，古典舞蹈复活的意义才能源远流长。

本文仅是一次座谈会的文稿，并没有经过深入的思考，况且对于舞蹈，我也只是一个彻头彻尾的门外汉，还请大家多多包涵。

摘自《折口信夫全集 22》

中央公论社

1996 年 12 月

译者　张闻

# 京都昔日

上村松园

上村松园(1875—1949),日本画家。本名上村津祢,也曾使用常子的名字。生于京都,她是明治、大正、昭和时期十分活跃的女画家,她以日本画的传统手法为基础描绘出高格调的美女画,她画的美人惟妙惟肖、出神入化,受到人们的好评。她12岁小学毕业后进入日本刚刚成立不久的绘画学校。后相继师事铃木松年、幸野梅岭、竹内栖凤等大师。15岁时以作品《四季美人图》参展第三次内国劝业博览会,获得一等奖,被传为“京都天才少女”。1948年作为女性首次获得日本文化勋章。

我出生在京都四条大道,现今已变为一个叫万养轩的西餐厅。那附近现在已经成为京都市中心的繁华地带。回想起童年时京都周边的景况,可谓今非昔比。

东洞院和高仓之间现在交易所的地方，以前被称作萨摩屋邸，经历明治维新的铁炮洗礼后，虽临街处建满了房子，但后面仍是颓门败瓦，我八九岁时那边还是一片野草横生的荒地。

朝着万养轩的大道周边，现为八方堂的古董店的地方，以前是一家叫小町红的化妆品店。现在小町红虽仍在，但远没有那时候热闹。

那年代的口红是涂在碗内卖的，城里的女孩人人都拿茶碗去上色，而做那涂色的人，必定是漂亮的女人。

如是粗鲁大汉的笨拙动作，怎么看都看不出是在上色。在小町红，总有漂亮的媳妇或女孩在店里，总之不缺年轻貌美的可人儿，她们梳起发髻，用红布碎结上，坐在柜台前，有客人来时就灵巧地替客人的茶碗涂色。话说回来，到小町红的客人大部分也都是年轻女孩。至今提起小町红，仍不免勾起人们的一份难言的情怀。

现今的口红都是从西方传来的，呈棒状，但以前的人是拿小毛笔将涂在碗里的甲虫色红料融化再涂抹的。现在的人上色也赶流行，把上唇下唇都涂得红红的，看起来就像刚吸完鲜血一样。我觉得现在过于模仿追赶西方的风潮。

口红要上唇涂浅红，下唇涂甲虫色才会具备一份难言的风情。现在只是偶尔见舞伎等还保留着这样的涂法。丹唇之美，当时在京都女性中已不存在。

那周边以前被称为奈良物町。

恰好在四条柳马场角上，有家叫金定的绢丝店，有个叫阿婡的媳妇，虽出嫁后刮了眉，但那青蓝的剃痕，黑而密的头发，长而美的后颈，仍然是一位难以形容的小美人。

甜食店的阿岸也是一位美人。

面谱店的阿雅亦是位颇有名气的姑娘。所谓面谱店，其实就是玩偶店。她的名字实际上是阿筑，但附近的人都“阿雅”“阿雅”地叫她。她擅长舞蹈，特别是舞扇子，据说舞起八张扇子时的姿态连艺人也无法与之媲美，名气很大。

那时所谓的演艺都只是唱唱小民谣，阿雅的母亲据说既温柔又有女人味，且她的三味线弹得非常动听，母女俩常常合奏琴啊、三味线，享受母亲弹琴女儿跳舞的乐趣。

夏天的时候能够从店头看到店的深处，即使她们在深处的房间，人们走过街角也可以听见从里面传来的琴声。以前不像现在车来人往，只有偶尔路过的人力车打破街道的宁静，所以一听见声响便知是阿雅又开始表演了，有时候连街角的人群都凑过来听琴。

这周边是立卖町街，阿雅就是在立卖町长大的女孩。

那时候街上极其宁静。经常有演人偶剧的在街上演出。街角的净琉璃说唱也吸引不少人。虽说只是模仿，照搬那阵子很有名气的伊丹屋和右团次的唱腔做起剧来，却惟妙惟肖。其中有个很有艺人相的男人，听母亲说他原本是跟市川市十郎一起在新京极卖唱的，不知不觉间便沦落在街头卖艺了。

那时候的女儿家都会唱一点地方民谣。现在民谣虽已淘汰，但那时候说起学艺应首推民谣。

从四条大街搬到堺町时我已经开始学绘画，傍晚经常有位年过六十的老伯会定时在街边唱起歌来，歌声抑扬顿挫，非常动听，他有时甚至用那带点沙哑的声音唱起一些只有得到宗师允许才能表演的曲目。

啊，又开始了！一听到那歌声我就停下手中的画笔，跑到外面的房间，沉醉在他悦耳的歌声中。

那时候祇园的樱花比时下漂亮得多，犹记得在樱花盛开的时节跑到祇园寺院内垫上草席，让姑娘弹起胡弓配上三味线一起演奏。后面总有个老婆婆来听曲，看起来人品并不低俗，定是出生在家道中落的大户人家吧。

到现今的圆山去已不能再尝到这份沉寂了。那时候还没有那些吵吵嚷嚷的收音机和留声机等，可以静静地享受街头艺人的表演。

夏天的河流也别有情趣。河幅更宽，浅水缓缓流动。从四条桥上的拟珠宝[1]栏杆往下望去，浅水的上流有一排烛灯，细看才知道每个烛灯下都设了一张小桌子，一堆堆的客人在那儿熙熙攘攘喧嚣不已。桥西边尽头有家叫藤屋的大酒家，饭菜都是由那边端到桥边的客席上，艺伎和艺人来来往往有如影画戏般。

这些客席的周边有钓鱼、骑马的地方，还有影画店、戏法师表演台，以及甜酒和红豆汤小吃店，五花八门，应有尽有。

就算桥底或西石垣河旁也有红豆汤店和麸汤店摆放的小桌。

祇园祭期间，那时候满街都飘荡着屏风展的气氛。过去没有现在的铁柱建筑等，全都是纯京式的平房，一到祭典期间家家都拆去房板，烛灯透过竹帘照进最深处的房间。与现今的灯光相比，那时候的烛光有一种难以

① 安设在桥梁、神社、寺院的楼梯或走廊的栏杆上的一种传统的装饰，因形状如葱花也被称为葱台。——译者注

言喻的风情。

在街上或店铺遇见的女孩儿们，仍旧保留着一些德川时代的气息，令人倍感怀念。

之前在帝国美术院展览会展出的《母子》，描述的就是我对昔日风景的回忆，是深藏在我心中的怀旧光景，总觉得或许这世上只有我才被容许画出那样的作品。其实，还有好多好多的景色在我脑海里，今后有机会会把这些追忆慢慢地画出来，随着时间的推移再一步步跟上新时代吧。

现在的姑娘，光从发型和和服腰带的款式等已经无法判断其是已经出嫁还是正待字闺中，那阵子媳妇有媳妇的样子，闺女有闺女的服饰，二者清楚得很。女佣则必须穿岛田的和服，将黑腰带结成被称为“立子”的花结。已经出嫁的女子的发髻、颜色、发针全都根据新婚、主妇和乳母的身份有各种分别。

总而言之，京都风格的打扮特别注重发颈的美，长长的发边，白色的后颈配上黑发，这样的风情使美丽的女人更显得姿态动人，而发边短的人就有点难为情了。

五六岁左右的女孩头发刚长起来就结上圆发髻，插上叫作鹿子的头饰，很是可爱。

头发长齐后就可以结“鬘发髻”或“福髷髻”，因头发还没有全长出来就束一个小发鬓，叫作“雀髻”。

地藏盆节等时候，小女孩在后颈画两条或三条白线，涂上甲虫色口红，甚为可爱。

“桃割”“断葱”“染髻”“鸳鸯”“福良雀”“横兵库”“乐屋银杏”等都是年轻姑娘们结的发型，中年已婚女性则要结成“裂笄”等发型。

明治时期京都艺人所结的“岛田发髻”更是时尚的精粹。

即使时代变迁，岛田发髻和圆发髻也没被淘汰。闺中女孩的文金高岛田发髻和母亲的圆发髻，也颇有品味，雅致至极。

摘自《青眉抄·青眉抄拾遗》讲谈社

1976 年 11 月

译者　谢咏臻

# 人形的起源

折口信夫

折口信夫（1887—1953），日本民俗学家、语言学家、诗人、歌人，号释迢空。他的研究被称为“折口学”。折口信夫是柳田国男的高足，他奠定了日本民俗学的基础。

“人形”于古代称“雏”。说到雏字，首先于脑海中浮现出来的是雏鸟或雏形等玲珑小巧的形象。但也有大型的人形，即将巨人人形化的不只存在于过去，现在也有。一般而言，其目的是为了驱赶流行疾病或狂风暴雨等自然灾害，可分为有人躲在里头操作的形式（比如说在肩膀上架个人，再套上人偶的外壳来表现巨人的形象）及单纯的大型人形两大类。也有中等大小的人形。话虽如此，其大小规格的判定标准并不清晰，总而言之，人形是越做越小就是了。

大型的人形，最初是由人隐藏在里头操作。后来则不刻意隐藏在里头，开始露出部分身体以表现其形象，到最后则演变为由隐藏起来的人以手操作的形式。由此可见，原本人形与人是一体的，演变到后来，则逐渐分离。

从照片上应该不难发现，在南洋地区的土著们所举行的祭典上，人们所装扮的巨人，呈现令人畏惧的形象。其中信仰的成分占了相当大的比重。像这样的风俗习惯，仍残留在日本南方。而越往北方，人形的形象则越温和。

而这些巨人人形，代表着造访村里的神祇，人们称之为舞神，也与之共舞。换言之，它们是祭典的核心“人物”。只要能自由自在地舞动，可以由人所装扮，又或是以人形代之都可以。往昔日本的舞蹈习俗，是由于人们无法回避那巨人的造访，便以热烈欢迎的形式，望其沉浸在跳舞祭典上，之后能早日归返。而后衍生出了以祭典取悦巨人，以送走风神或疱疮神之类的做法，这是由于往昔不问善神恶神，皆以相同的形式送迎所致。

摘自《折口信夫全集　21》

中央公论社

1996 年 11 月

译者　蔡承纬

# 言文一致

水野叶舟

水野叶舟（1883—1947），日本明治昭和时代的歌人、诗人、小说家，本名盈太郎、笔名蝶郎。早稻田大学毕业，作品有1939年出版的诗集《兰》和与窪田空穗共同写作的歌集《明暗》。

在中国最早提倡小品文的是夏丏尊。在建构现代小品文中，他的《文章作法》起到了重要推动作用。该文即出自水野叶舟的《小品文练习法》。

## 已成死语的"言文一致"

现今看来"言文一致"一词随着时间的流逝已经成为古董。似乎已经成为死语，脱壳完成它的历史使命。

时而回首思考日本文章所经历的半个世纪激流汹涌的演变踪迹，语言的生死也随着这样的浪潮发生了激烈的变化。自不待言这是连绵不断进步的足迹。打破陈腐，从固定的桎梏这样的坚硬外壳中走出来，将无止境的心灵颤动转换为语言，这种欲望的激流引导了这样的演变，并发展至今。其间虽有不少先驱们点燃过星星火源，但不得不承认这是我们民族精神的活跃和追求心灵青春活力的结果。

“言文一致”的实施是文体变化的起始，却不是这个潮流的伊始。关于这一事实明治文学史研究专家们已有详细说明，在此不必赘言，只是简单地阐述一些个人的见解。

“文章的国语”或者说“表达方式”从明治初期就已经有很多学者开始讨论了。这绝不是模仿欧美文化而是随着新文化的涌入，可以看作一种打破传统外壳对文字表达方式的自然觉悟。不过，既然是自然萌生的一种自觉，当我们跨越时空回顾走来的历程时，不得不对先人们的慧敏之心和忧患意识萌生发自内心的敬佩。反之，当我们在调查各大家们的主张后就可以发现，他们其实都采用的是旧式文体，也就是汉文训读体，由此不禁让人生疑，这些意见是否仅仅只是在纸上谈兵，还是源于感官的麻痹之心？口口声声主张自己的观点却丝毫没有将理论付诸实践，也没有显示出思维与行动的有机联动，我认为这是感官麻痹造成的。

这种不可思议的矛盾穿越明治时空进入大正年代以后仍然出现过类似情况。当时有人写了将国语改为罗马字的请愿书，让大家在文章后面签名。虽然文章慷慨激昂地请愿使用罗马字，但是文章却是用极其生硬的旧式汉文体写的。试想如果那篇文章用罗马字写的话，恐怕没有几个人能够读懂它的意思吧！当时那个团体的领导人都在请愿书上签了名。这件事发人深思！其实那时候已经进入了大正时期，日语文章已经能够自由表达复杂的内容了。

那时，我曾踌躇是否应该在请愿书上签名。因为怎么也看不出那份意见书是一个发自内心真正希望采用罗马字为国语之人的手笔，文章枯燥无味都是些无法实施的空言虚语。即便如此，我仍然清晰地记得明治初期主张国字论、新文体论人们的心态以及具体实施间的矛盾心理。他们的确感觉到了这种必要性，却只能按照传统的老方法去尝试一下。虽说当时是处于万事待兴的黎明期，但是把一个无法付诸实践的主张公布于众，实际上是一种自我否定。倘若在事物未成形时就主张付诸实践，好比画饼充饥，毫无二致。

实际上首次将“言文一致”付诸实践似乎应该算物

集高见先生。大约是在明治十九年（1886）刊发了一篇用结结巴巴的口语文体写的文章。具体考察工作当然应该交给史学家们去做。不过，我们在触及先觉们的思虑所留下的印迹时，可以切身感受到这个问题触及了那个时代的“心灵的苦闷”。新世界如一片汪洋大海为我们展现了新的视野，由此汹涌而来的是大量未知的新潮流，面对这些新潮流大家澎湃激昂，涌现出初生牛犊的勇气。回首反思，却发现自己使用的语言表达方式却依然束缚在陈旧的躯壳里，这种无语和哀转叹息，让时至今日的我依然可以清晰地感受到这些矛盾所带来的苦恼。而萌生这些苦恼的都是那些值得尊敬的、极其聪慧的饥渴的心灵。其实不仅仅文体，这些问题也让我们充分了解到之后半世纪中日本内部的茁壮成长，以及滋润所有事物的知性的层面。

## “言文一致”始于小说

让我觉得最有趣的是“言文一致”的文章实际上是从小说开始投入实践的。是什么原因使得大家没有先将言文一致的文体运用到简短的实用性文章呢？或许是因为“模式”大多都具有记号的性质，可沟通人们的心灵，对这样的不自由、不自然和不完整性还没有觉醒的缘故吧！实际上，明治二十年（1887）对我们这些正处于青春时期的人来讲丝毫没有感觉到按照传统的“模式”书写信函有什么奇怪，况且当时的大人们所书写的复杂事物，或叙述心情的通达思想的书信，即便那些文章完全脱离口语，由于形式上具有某种约定俗成的表达事物的方式，从心理上讲由于存在这样的传统“表达方式”，印象中从未想过需要改变。

回想起来，这也并非就是站在消极的立场认为没有必要改变传统的古文体，只是如同信仰般某种固守成规的心理在发挥作用。之后，“言文一致”的潮流经历了长时间的艰苦抗争。在此引用《二叶亭研究》第六号（1938 年 4 月 16 日）中登载的前田晁先生的《二叶亭主人的故事》的结尾部分。

翌年（1909）五月十三日，当我们收到在印度孟加拉湾成为不归之客的讣闻时，大家都非常吃惊。二十多日后，在染井殡仪馆举行了告别仪式。在灵前岛村抱月先生首次宣读了言文一致的悼词，由此特记录为序。

这件事不只是单纯意味着言文一致的创始人适合使用言文一致的悼词。或许，对现今完全使用口语文体的读者来说是一件难以想象的事情。当时，小说以外言文一致也逐渐在文学界兴起，但是仍然有一部分人认为言文一致很低俗，认为不适合使用于庄重严肃的仪式文章。但岛村先生的悼词极其庄重，丝毫不失礼仪且情意浓厚。实际上，岛村先生是用事实来启发那些谴责的人们，这件事也成为使用白话文悼词的嚆矢。

通过前田先生的这篇文章我们可以想象即便当时已经处于风雨飘摇的状态，似乎仍然有人将言文一致视为不合适的文章表达方式。对我们年轻人来说不过是一些随意积聚的积雨云，而从现今的眼光来看，那些坚信旧习传统的人们则只是横躺在新时代发展路途上的挡路石，随着时间的流逝，一些“习惯和心态”便消失了踪影。

即便如此，而今看来以小说为先河开创以口语为标准书写文章的新运动，实际上是一种极其自然的发展趋势。

试观明治文学史可以了解到很早就已经有人公开讨论，认为文章写作与现在使用的口语的两极分化是一个错误。即便如此，初期阶段采用言文一致的方式写作却并非易事。如前所述，主张言文一致的人却使用旧式文体写文章，然后道貌岸然地提倡新文体的必要性，纵然是矛盾至极，不过仔细想来或许明治初期提倡言文一致的人们并非从未使用过新文体。或许每个人都按照自己的构想做过尝试。果真如此，只能将原因归结于那些尝试革新最终都没有获得成功。

坚信自己的意见正确，但是尝试之后却以失败告终。这跟戴着熟悉的旧帽子讨论新玩意儿毫无差别。我看了物集高见先生的白话文后，更确信这个想法。就个人经验来说，过去一心想着全盘使用罗马字并通过热心练习达到相当熟练的程度，对大概能够写出什么程度的东西心里也有一些底。但是因为偏离社会常规，只能在有限范围内使用，这种不便导致我最终还是返回汉字、假名混合的文体。这个经历与初期提倡言文一致的人们有几分相通之处。

这是问题的一个层面。另一方面就是后来看了物集高见先生的文章后感到用白话文写作实际上就是将口语直接用文字表达出来，重要的差别就是当时还没有经历过，发现把自己的想法直接写成文章时未免废话太多，拐弯抹角啾啾不休，完全不像文章。也就是说读起来自己都觉得不通畅，可以想象那种仰天吐唾咎由自取的状态。或许他们都经历了这些震惊、束手无策的痛苦吧！我相信这些绝非凭空想象。之后，才有二叶亭先生和美妙斋先生各自创造的“だ”、“です”断句的模式，这是他们呕心沥血的成果。

有人提倡却无人涉猎的言文一致文体唯独小说竟然可以行云流水般通畅使用，让人不免有些诧异。或许因为作者着实了不起，或许之前提倡的人们只是凭空想象纸上谈兵。总之，虽然提倡、讨论在先，那些人却只是坐而论道等待别人去付诸实践。之后就出现了一两位先知先觉的小说家确实尝试了一下。想必如此吧。鉴于此，我们就更应该深刻地思考这个问题。

我认为可以大胆地设想一下。小说的文体转变为“言文一致”从三马一九[①]的时代就已经开始了。当时的《膝栗毛》《浮世风吕》以及《浮世床》都是口语与文章极其协调的言文一致文体，或许可以追溯到更早。总之，德川后期就出现了将物语小说用易懂的口语也就是讲谈方式来写作的小说文体，实际上就是言文一致的作品。小说文章的训练和传统实际上从古代就开始出现了，当然也是源于社会发展有这样的需求。

无须做太多的考察我们就可以了解到坪内先生的《书生气质》是秉承旧式传统的文章，显然是一部以口语为基础自由撰写的作品。现在的文学史家将言文一致创始人的工作称为“划时代的创举”，他们写小说的时

① 三马是江户后期的草双纸、洒落本、滑稽本作者式亭三马。一九是江户后期的剧作家十返舍一九。——译者注

候即使灵感来源于传统素材，却也向前迈出一步放弃了书写体的习惯，可以认为这就是言文一致创始人的工作。因为有这样的素材才开始创作小说，言文一致的轮廓作为一个协调物就清晰地显现出来了。一开始就让提倡者们“心有余而力不足”的事物，之后堂堂正正成为一种写作模式经过不断锤炼茁壮成长。

前文引用的前田晁先生的谈话中就有解释为何一直到明治时代尾声，世人都认为言文一致适合小说文体。这些理由和观念的根本出发点实际上比较暧昧，让我们不得不重新思考将言文一致视为低俗的缘由。

## 言文一致的创始人

“言文一致”的创始人究竟是山田美妙斋先生还是二叶亭四迷先生，两位究竟谁先谁后，谁为本家等，暗中曾有过论争，其实这个问题并不重要。重要的是两位先生都直接受到了欧洲文学的影响，无法否认其无形中对他们的表达方式的影响，我对这一点抱有浓厚的兴趣。本来，对委身文学艺术的人来说，表达方式应该视作一种肉体上的需求吧？对他们来讲写文章是一种自我满足，不表达就不会善罢甘休，当然这也是人类的本能。兴许不具备这种欲望的作家应该排除在我们讨论的范畴之外，一般来说大多数人都有写文章的“癖性”，从整体来看这种癖性就是一个人的表现方式。

就美妙斋先生来说他比较熟悉英国文学。由于他掌握的欧洲语言是英语的关系，似乎阅读的英文小说比较多，那些故事的情节都深深地渗入他的脑海里。跟他志同道合的伙伴（是否亲近不太了解）尾崎红叶先生也抱有相同的想法，大概看的也都是同种类型的书籍（就外国文学而论）吧。不过，恐怕是由于两位作家的性情差异，两人的作品情趣大不相同。尾崎红叶先生其实并不属于言文一致创始人的“群体”，从这个角度来看是一个非常有趣的事情。尾崎红叶先生的个性很强，具备更加丰富自由地发挥传统表达方式的才能。此外，与美妙斋先生的抒情诗风格的空想家情调相比较，他更应该是个实践家，并不是因为他的文才更胜一筹等简单的问题。不过他似乎并没有对言文一致等新潮表现手法抱有兴趣。

参阅本间久雄先生的《明治文学史》就可以发现美妙斋先生是一位聪明智慧的青年。据说本间先生是研究美妙斋先生的专家，同时也是一位颇为过度的吹捧者。这让人联想起内田鲁庵先生的《美妙斋观察记》。这本书敏锐地描写出同龄青年最初接触到该作品的印象，让人能够清晰地感受到那个人和他生活的时代。

正值欧化主义（鹿明馆时代）的鼎盛时期，最重要的是西方，第二也是西方，社会从上到下都忘形地高唱西欧文化的时期，这种随波逐流极具西洋味的言文一致文体立刻人气高涨，山田美妙斋先生一跃成为文坛巨头。美妙斋先生恰如欧化热潮的人工孵化器孵化出来的早产婴儿”（摘自《明治作家——美妙斋美妙》）。再加上我记忆中遗留的对美妙斋作品的印象，综合本间先生明治文学史的详细说明，似乎让我对美妙斋先生的新文体的来由重新有了一个明确的认识。

首先，通过本间先生的文学史初次了解到美妙斋先生所主张的言文一致论的梗概是一件值得庆幸的事情。当然，由于时代的局限性他的叙述非常简单，如果详细地对当时其他言文一致论进行一些比较的话就更好了，并且很多地方缺乏独创性。其中引人注目的是美妙斋先生盛气凌人的气势，本间先生将此归结为胸怀大志，在我看来似乎只是年少气盛以抱负示人的傲慢态度，不可抑制地让人萌生奇异之感。

感觉到这一点的主要原因是他在论争中否定别人的文章，作为作者在作品中的表现方式，也就是说对文章不自然的粉饰，从时代、作者的年龄以及其他各种条件来看都存在不自然、勉强和粗糙理论的粉饰。反过来想只能理解为争论也并非必然性要求，除此以外找不到其他任何理由。鲁庵先生从头至尾无休止地批评美妙斋先生的文章，那种直截了当的批评态度反倒让人感觉有些不寻常。

本人对欧洲文学作品的知识孤陋寡闻，据我所知从未见过这样的拟人法或那些奇妙的表现手法。如果仅仅是想显露才华，对此我持反对态度。总而言之，不过是想出了一些新点子，贫乏狭隘的心眼就借此弄出各种拙劣的花样而已。想来至少作者本人觉得是很美的，自我感觉不错，不过对这样的东西能够感受到美的心态本身就已经很奇妙了。

在我看来美妙斋先生不过是一个拙劣的制作坊罢了。我已经如此下结论。年少时，也就是刚开始用口语文体写文章的时候，也完全没有因为文坛人气，或被遗忘的人等肤浅的理由而去制造美妙斋那种文体痕迹。即使在某个短暂的期间，如此受世人赞叹的作家，一直被誉为言文一致的创始人最终遗留下来的不只是这个人用一种奇怪的口语文体写过小说这个事实，实际上丝毫没有为后来的口语文体创建任何基础。鲁庵先生的所谓“早产婴儿”似乎应该理解为提早降生却营养不足之意。

## 二叶亭的言文一致

相反，在美妙斋先生不甘下风频繁与人争论的时候，二叶亭主人则默默地翻译出版了《浮云》一书。二叶亭先生创作的作品都采用了言文一致的手法，可以想象他在写作时煞费苦心的功夫。与世间恭维为“名文”“美文”显赫一时的美妙斋先生的浓妆艳抹的文章比较，他以极其淳朴而率真的态度努力用口语书写了新式日本文学，显然二叶亭先生的表现手法成为后世口语文体的源流。

正如二叶亭主人在《我的言文一致的由来》谈话中所示，他的出发点并不是来源于创造新文体的野心，也不是为了忠实地翻译原作感受之类的暧昧想法，而是想把原文转移到日语的文章中，同时在创作时也尽量把内心活动毫无掩饰地直接表达出来，出于这样一个必然要求，方是看问题的正确视点，而这一点与美妙斋先生有着本质上的差别。而后者坚信粉饰唯美，用拙劣的文笔巧妙地装饰文章，并将这样的气息显露到文章中，并将这样的要求作为唯一的途径。但随着时间的流逝，随着世人对美文所谓的美辞丽句的空虚粉饰中的空洞的了解的普遍加深，二叶亭先生呕心沥血的创作便逐渐赢得大家的首肯并形成一种潮流。这是日本文学值得庆贺的事情。

二叶亭的《我的言文一致的由来》一文有很多值得参考之处，在此我引用全文并阐述一些我个人的观点。

### 《我的言文一致的由来》二叶亭谈话

想要我谈谈对言文一致的意见，可惜迄今还没有从事过如此宏伟的研究，倒不如写一篇忏悔书吧！道出写作言文一致文章的由来，即便如此也有小题大做之嫌，实际上是由于本人的文笔枯竭所引导出来的一系列事情的具体过程。

已经想不起到底是哪一年了，总之是很久以前的事情了。当时蠢蠢欲动地想写点什么东西，本来就没有文才也不知道怎么写好，于是去请教了坪内先生。坪内先生说："你知道圆朝[①]的落语吧？就模仿圆朝的落语写一写，怎么样？"

我是东京人当然说的也是东京话，也就是说已经有一个现成的东京话基础了。于是，很快就完成了作品送到先生那里，坪内先生看了一遍，突然拍了一下膝头说道："好，就这样！这样就好！不要改，采取这种方式就好！"

虽然有些怀疑，但面对别人的赞赏有些无奈，话虽如此

① 指第一代三游亭圆朝，活跃在幕府末期到明治时期的落语家（近似于中国的单口相声）。——译者注

其实内心也有些欢喜。总之，圆朝式自然就是言文一致文体了。不过，仍然有些问题需要解决。比如应该用“私が……で御座います”的文调呢？还是“俺はいやだ”的文调？坪内先生说不用敬体比较好。虽然我也不是口服心服，因为是我敬仰的老师就依照他的意见试着改写成了没有敬体的形式，这就是我的言文一致文章的起始。

没多久，山田美妙君也发表了言文一致的作品。一看是采用的“私は……です”的敬体，走的是另一条路。也就是说我是采用的“だ”主义，山田君则是“です”主义。之后询问，山田君说一开始他也尝试过使用不带敬体的“だ”文调，却没有成功，最后决定采用“です”文调。我则是因为一开始用的“です”文调，而最终采用的是“だ”文调，刚好相反。

不过由于我本来并不具备文学素养，稍不谨慎就容易落俗，一来劲就得意忘形容易成为别人攻击的靶子，坪内先生也说要更雅致一点。德富先生（当时曾投稿《国民之友》）说应该写成文章，我与两位前辈看法的不同之处是我没有使用已经获得国语资格的汉语。如“举止礼法”一词，本来是汉语词现在是日语，当然不成问题。但是像“举止优雅”之类的还没有接受日语洗礼的词汇就不用。“磊落”是指胸怀坦荡的样子，那是日语。但是如是石头滚动之意就不是日语了。我的原则就是一概不用没有成为日语的汉语词，日语中已经完成使命的也不使用，尽量采用现在使用的词汇，任其自然发展等待开花结果。牵强地将汉语和日语纽结在一起毫无益处。我认为这不是个人意志可以决定的，等于白白浪费时间。

成语、熟语一概不取。参考了式亭三马作品中的一个叫深川的小子。“混账东西，又不是掉到南瓜地里的风筝，别净说些乱七八糟理不清的事儿！”，还有“又不是井里的吊桶，别一会儿上一会儿下的，行不行？”“纸钟馗这种东西，悬空底肚子里没什么货”，乃至“肚子路长草，闹饥荒”“是什么啊，是有马的人形笔”之类，不仅非常通俗而且具有诗意。坚信其中隐藏着通俗语言的精髓是我心里的依靠，其他没有什么理论上的依据。虽然也考虑过使用一些西洋的语法，不过这跟词汇的使用没有关系。

当时坪内先生说可以稍微引入些美文元素，不过我不太喜欢，反而是在尽量排斥美文的要素。本来想把日常生活使用的语言都用进去但是没有成功。恐怕无论谁都无法成功，存在种种障碍。实际上我已经白白浪费了很多时间……

回想起来，这也是某个时期之前的事情了。现在？现在投诚在坪内先生的风格下，日文和汉文都在留学中呢！

这篇《我的言文一致的由来》摘自改造社出版的《现代日本文学全集第十卷》《二叶亭四迷集》，按照同集的年谱这个谈话是当时二叶亭的谈话记录，明治三十九年（1906）五月登载在杂志《文章世界》上。无须我去追忆旧的记忆就可以了解到这次谈话的记录人是当时《文章世界》的记者前田晁先生。对于这件事情，二叶亭自身也在《明治大正文学人》的《二叶亭主人之事》中有详细记载。因为前田先生将谈话记录得惟妙惟肖，因此这次谈话也是之前看过的文章中觉得可以信赖的一篇。

第一，文章中的“想写点什么东西，本来就没有文才也不知道怎么写好”，因此去请教坪内先生，而坪内先生的意见是让他按照圆朝的落语那么写。这一点与美妙斋先生傲视古今文章的态度相比，更让人带着切身的感受来看待这句“不知道怎么写好”。或许让二叶亭先生深受感动的文学作品，一定与作品的表情一起活灵活现地浮现在他的眼前，打动了他的心。这样的感动最终变成一种崭新的灵魂姿态，演变成为将这些动作直接表现出来的一种必然的需求。虽然他的愿望已经达到了一个境界，但是还不具备适当的形式，我是如此理解的。自称文章拙笨也是因为当时的文学作品，或者说那些被称为雅文之类的文章大都采用很死板的表达模式。一方面，他也不喜欢当时那些泛滥于世的杂驳无生命力的政治小说等新文章，他既不喜欢这样的文章，又无法产生好感，处于在这样的环境中无法写出好文章的心情，即便是这么多年了听到这样的话也觉得顺理成章。因此把二叶亭先生的话当成一种反语来理解是错误的。将这样留下优秀翻译作品的人说自己“本来就没有文才”当作针对那个时代的反语来认识是一种谬误。明显没有谁比二叶亭先生更具有艺术良心，因为是他真实感情的流露。实际上这句话也让人颇有同感。这样的结果自然引导了言文一致文章的诞生。（虽然是二叶亭先生苦心创作的文章，自然而然走到该处、水到渠成产生的一种形式。）

此外，看到坪内先生让他学习圆朝的落语这一段记录，让我油然升起一种久违的亲切感。早已遗忘的记忆深处的东西也涌现出来。年轻时（大约 1902 年），从两三个朋友口中正好听到这件事。之前，虽然听过一两次圆朝的落语，实际上我从未跟学生中的友人一起去听过，倒是父亲带我去的时候，正巧遇上圆朝在台上表演。印象中只觉得当时听起来很有趣，之后听说言文一致的标准来源于这位先生，感觉的确是一个暗示。

按照现在的说法，就是描写力。因为是落语，虽然不会有复杂的情景而且从平俗的日常对话中让听者心中映照出一个鲜明的形象，人物便活灵活现活跃其中。虽然描绘的是一般平民，但话语中自然带有它的品格，也就是具备这样的描写力。这是坪内先生谈话中的暗示，之后便自然联想到了圆朝。自己说这样的话似乎不是很恰当，照理说了解这样的标准以后，即使已经为时过晚也应该去听听圆朝的演出吧！虽然也认为听听肯定会有帮助，却一直未去。现在想起不免懊悔自己的懈怠，不过反过来想或许也是一件好事。年轻的时候，如果有这样的先导或许反倒是一件危险的事情。

第二，看到关于“だ”文调或“です”文调的叙述，让人深切感受到刚开始用言文一致文体写文章的时候，先辈们对文章断句所付出的心血。文章的断句也就是停顿的地方，我们有必要考察一下当时即明治二十年（1887）前后，言文一致创始时期大家特别关注这个问题的理由。我认为这是文章向口语体转型时期建立言文一致文体的关键。当时一篇文章中夹杂一些俗语的情况似乎并不是什么问题，但是涉及断句、停顿如果不明确便让人感觉非常不安。在这个问题上二叶亭和美妙斋似乎都走过很多弯路。

对于“です”和“だ”的取舍问题，之后也没有谁对这件事写出什么引人关注的论文。虽然并非什么复杂的问题，似乎也是文人一直都比较介意的事情。记得一直到四十年代都还有人提到这件事。

现在看来，早已过眼烟云。不但形式上稳定，轻重分明自由自在，很难回想起当时的纠结了。现在还有几位在世的比较亲近的朋友，当时的记忆恐怕也早已烟消云散了吧！其实就是这么不起眼的枝节小事。但是，一直到明治末期进入四十年代以后，口语文体才彻底稳定，具备独立形式并达到自在的状态。也就是说，现在二叶亭的“だ”体成为基本的表现方式，而“です”体则应用于特别的、根据情况具备适当表情的一种方式。当然，这已经是众所周知的事情了。

第三，看到这篇谈话记得不是在《文章世界》，应该是在很长一段时间之后。这篇谈话中的“没有使用已经获得国语资格的汉语”这句话让我陷入深深的思考，这是我们未知舞台背后的壮举。

即使二叶亭先生最终失败了，但是只要能够朝着这个方向迈出些微的一步也算是一个壮举，一个了不起的觉悟。虽然我怀疑今日做文字工作的人们到底有多大程度能够认可这种觉悟的巨大价值。如果能够让大家都意识到这一点，这样的意识更加普及的话，日语应该比现在更加美丽清晰吧！

我的这个主张虽然与二叶亭先生的规则无关，加上之后改罗马字为日语的运动，在这样的过程中最终抵达同一目的地。此外，我们还必须考虑日语的取舍整理，这样一来感觉似乎像大海里捞针，茫然失措，最终没有勇气投入其中。并且时至今日也没有得到什么明确的线索。不过，对日语来说却是需要某个人用某种方法实施的重要课题之一。

我们应该铭记赞赏二叶亭先生的壮举，同时也应该认为这是我们设想使用言文一致文章的一个必然结果。设想过这样的模式却最终失败，这是二叶亭先生对自身失望后的苦恼，但是二叶亭先生有思想准备在自己的文章中不使用已经获得国民语言资格的汉语。这是真正引导言文一致走向正确道路的具有实质性的一步。

第四，坪内先生曾建议将美文要素纳入小说，而二叶亭先生却没有采纳。没有采纳的原因是这个思考国民语言的资格的人，意识到口语的美妙并努力挑选使用的一种必然的心态。特别是“美文”与之后一个时期世人对粉饰语言的颂扬，综合当时的思考问题的习惯和迷信来看，二叶亭先生应该把粉饰当作僵尸了吧！坪内先生的忠告实际上是对已经了解真理、具备真实的人赠送的迷茫之言。

二叶亭先生的谈话让我想起了以下的事情。事实上，从明治十年（1877）开始已经有一些觉悟萌芽了，日本的文体经过修正走向正道已经是二十年代以后了。经历各种考验这样的生命力逐渐增强，自然而然便将具备最正确因素的二叶亭先生推向了主流。

## 坪内逍遥的《书生气质》与矢崎嵯峨之屋的作品

根据几个年谱的记载，《书生气质》是从明治十六年（1883）开始分册刊出，明治十九年（1886）一月完成的。（依据木间久雄先生的《明治文学史》、《明治大正文学全集》之三、《坪内逍遥》等记载）可以判断这部小说早在美妙斋先生的《柿山伏》或二叶亭先生的《浮云》等之前就问世。《柿山伏》最初在明治十九年（1886）十一月以《嘲戒小说天狗》载入《我乐多文库》第九集，之后连载至第十三集以后，明治二十年（1887年）七月开始刊登《浮云》第一篇。首先，《书生气质》这样的言文一致的作品率先刊登，至少应该是在小说创作的人们心里都留下了深刻的印象。

而今当我们再次阅读《书生气质》时应该思考的问题是：为什么坪内先生会想到写小说？一是真心感受到时代环境的需求，已经想出了什么理论依据吗？实际上就我个人来讲百分之八九十都是按照习惯在写作。第二点就是为什么选择了这种文体？实际上，当时作品刊出的时候至少在一些有新意的人们心中并没有留下什么好印象。这一点内田鲁庵先生的回忆录中非常直率地叙述了当时的感受。“坦率地说，坪内君的第一部作品《书生气质》并非杰作。……因此看了坪内君的《书生气质》并没有让人感到震动。简单地说，当时感觉让那些文学士写小说是不行的。”“不过，在《书生气质》《妹妹与背镜》上堂堂正正地署上的“文学士春之屋朧”的名字，不知道发挥了多少威力。”（引自《明治作家》）鲁庵先生的这一席话，可以看作是一种讽刺。

任何时代都有惊人的雷同，总是以同样的姿态出现，在并不提供考虑事物本质的情况下，让热情的掌声、喝彩环绕。但是，我们必须考虑在《书生气质》的时代，那些“轻躁”的深处强烈要求新生事物拭去时代之眼的潜在力。这样的心灵才是孕育明治中期以后文学的母胎，鲁庵先生所谓的“低俗作品”也能成为划时代的关键。这样的现象，我们在之后也近距离地体验过很多次。

话又说回来，这里特别引出《书生气质》并非想谈这些评判性的事情。我是想说明这部小说到底有多大程度接近了言文一致的文体。

由于人们将《书生气质》作为占据文学史的一个部

分，四十年后有必要重新阅读。通读了一遍后，最感兴趣的是坪内先生并不关注已经成为公众讨论话题的“言文一致”问题，却用这样的文体写出了这部小说。不仅自由叙述、描写，故事情节还涉及一些描述的部分。能够有心做到这一步的人，据说在写作的时候感觉采用当时大家所说的“俗文”比“美丽雅文”更方便。德川后期的小说家们为了适应逐渐细腻描写的需求，反复练习的“俗文”，对当时写作《书生气质》的坪内先生来说却是最好的文体。正如换了说话者自然话语也会改变，坪内先生的话语就成了他的文章风格，实际上已经成为走向言文一致的温床。那么，坪内先生为什么没有迈出这一步呢？从后来的情况来看，让人觉得似乎是一件轻而易举的事情，但是对当时的先生来讲或许有如突破铁壁般困难。

所谓“俗文”其实只是针对“雅文”而言，重点在于已经向言文一致迈出一步的“创始者”们都看过这本《书生气质》。创始者们不一定都敬服这部作品（依鲁庵先生所言），或许没有受到直接影响，不过至少可以认为有过某种推动。也就是说，新进的且比自己更有学问的人写的小说，与自身呼吸着同样空气的人的文章里，夹杂了口语的自由表现方式，难道他们没有受到触动吗？我认为这个想象至少具有某些真理在里面。虽然没有明确地意识到但是似乎足够成为一种推动力。

与其参考古典作品（也有人轻率地称之为研究），相近时代出现的作品的影响力更大。

因此，当我们思考言文一致的沿革时，最近我首先会想起率先迈出一步的《书生气质》这个模本。

此外，明治二十二年（1889）以来，接连问世的还有矢崎嵯峨之屋的小说，收入改造社出版的《现代日本文学全集》中的《腐坏鸡蛋》《初恋》《野末之菊》（均为 1889 年问世），都是采用淳朴自由的言文一致文体写作的作品。相比之下，都远远比美妙斋先生式的奇异文体出色。当砚友社的小说家们还在把玩文章时，二叶亭先生已如一股清泉汩汩而入。

## 而后

本来是打算就这些创始人初期的活动写一篇文章，对于之后的口语文体的推移是计划另设章节的。在此，看到实属奇妙的鲁庵先生的《明治作家》（柳田泉编）时，发现有以下叙述。

山田美妙先生多年独占言文一致创始人的名誉，现在大家都认为应该将美妙先生与言文一致分开考虑。但是，美妙先生的《夏木立》出版于明治二十一年（1888）八月，比《浮云》第一篇晚一年。尤其是《夏木立》中的《武藏野》在《读卖新闻》首次登载，应视《浮云》为先。

据本间久雄先生的文学史记载，前述《柿山伏》是美妙斋先生言文一致的第一部作品。在此，我实在没有兴致涉猎《柿山伏》，实际上写这篇文章的时候我也没有去找来翻阅。根据该记载美妙斋先生的作品应更早问世。是鲁庵先生的记忆出错了吗？

其实，谁先谁后并不重要。至少对我来讲美妙斋先生的言文一致无论理论还是作品都没有为后世遗留什么恩惠。仅仅只是因为发现了一个文体然后就高谈阔论，说得不好听一点就是耍嘴皮子而已。况且之前更早时期就有数位先辈主张过言文一致，相比之下物集高见先生等留下了更认真的作品。我觉得现今日本的文体能够如此接近口语，如此自由调节，思其源流了解孕生源流的母胎是一件极其重要的事情。日本的文体发生如此巨大的变化，它的诞生绝非纯属偶然，或仅仅源于某个人的灵感。我坚信这一点，因此对那些争论言文一致作品诞生的先后顺序并不感兴趣。我始终认为美妙斋先生的作品仅属昙花一现。

那么，言文一致的文体究竟经历了怎样的过程，最终是如何被世人所接受的呢？一言以蔽之，直至三十年代结束，从表面上看一直被视为支流。露伴[①]先生和欧外[②]先生以及红叶[③]先生等高名文豪大都采用书写文体在写作。我从少年期到青年期直至二十岁前后所读的大部分文学作品或讨论的文章都是书写文体。

但是，虽然二叶亭先生或嵯峨先生的作品也夹杂其中，但在我的记忆中丝毫没有另类的感觉。回想起来似乎是一件不可思议的事情，或许感觉到一般所说的“另类写法”也纯属理所当然，因为当时文学作品大都仍然使用书写文体。

如此想来，对言文一致感觉是“另类文体”也只是初期的一段时间，并且非常短暂。大概进入三十年代后，似乎已经无人试图阻止这两种文体同时使用的趋势了。

二十年代前后，言文一致文体的小说发表后，有人试图从元禄追溯一般小说的文体，更有人试图从“优雅”的古文去寻觅，在这个过程中作家们都为追求美的表现

① 指幸田露伴。——译者注
② 指森欧外。——译者注
③ 指尾崎红叶。——译者注

手法付出了努力，这是与言文一致完全不同的潮流。但是我认为这才是那个时代“创新之苦”的姿态。应该是大家都在摸索时的一种“鱼龙混杂”现象。最终超越了贫寒、粗糙的传统艺术，或极端地说低俗的文学表现，应该说这是追求美好事物过程中的烦恼吧！

或许在这样的烦恼中应运而生的就是对艺术的某种觉醒。

## “言文一致”一词的终结

在我的记忆中，言文一致这个称呼本身在不知不觉中消逝，然后退出了历史的舞台，到底何时变成死语的呢？又从何时开始的呢？探究这些问题都是趣味无穷的事情。当然，时过境迁，这样的事情的发生和终止都不会有一个明确的分界线，自然也不会有什么记录，但是可以追溯各种记忆进行概略的推算。

我认为大约是在大正末期。大家开始热心地讨论国语问题，当时小学的国语教育的新运动研究非常盛行，以投入实施前后为界，旧式的“言文一致”称呼开始被“口语文体”所替代，估计就是在那个时期。那时候日语的文体已经基本上变成口语文体，传统主流的文言文体已经变成了一个特殊的领域。因此在“言文一致”的称呼消失的时期，特别说明口语体的时候一般是将这种文体与文言文的文章相比较，或仅限于需要特别说明的时候才会使用。

摘自《明治文学的潮流》
纪元社
1944 年

译者　吉田庆子

## 译者后记

日语在平安时代就已经形成古典文体。中世纪以后，书写语言与口头语言逐渐分离。明治时代在文学界兴起了言文一致的改革运动。坪内逍遥因受二叶亭四迷《浮云》等影响开始写作言文一致的小说。相对于四迷采用的“だ”调，山田美妙则采用敬体“です”调。一方面，尾崎红叶、幸田露伴等也发表了很多书写体的作品，而一叶则采用带有古文色彩的雅文体写作。森鸥外的《舞姬》《即兴诗人》等采用了书写体。此外，在评论领域，北村透谷和幸德秋水等则采用汉文书写文体来写作。

# 明治文明史中的福泽翁

大隈重信

大隈重信（1838—1922），明治时期政治家、教育家、财政改革家，曾历任日本外务大臣、农商务大臣、第8任和第17任内阁总理大臣（首相）。他同时也是早稻田大学的创始人。

塾长、阁下、诸君，能够在庆应义塾大学50周年庆祝典礼上致贺词是我最大的荣幸，也是最感兴趣的一件事。（掌声）刚才已经有各位来宾谈到了福泽先生的各种事迹，曾接受先生熏陶的尾崎君也基本上已经谈得淋漓尽致，连我还没有说的都基本上一一道尽了。但是仍然有一些事情，一些最重要的事情没有谈。我作为福泽先生的朋友，说是朋友似乎有些不自量力，他是我最敬畏的前辈，我们有近35年的深交，我给大家谈一谈刚才还没有涉及的、最有必要谈的事情，我相信这也是本次纪念会最有必要的工作。

## 安政五年（1858）是怎样的时期

时间已经不多了，下面我就长话短说。老事情暂且抛开，首先，我要给大家谈的是安政五年、六年到底是怎样的一个时期。当时汤森·哈里斯[①]是美利坚合众国的代表，与将军政府签订了条约，之后将军与俄国、英国、法国、荷兰五国所签订的条约没法得到京都政府也就是真正的当权者的批准，将军政府陷入进退两难的窘迫局面。一方面是来自外国的压力，被追问已经缔结的条约为什么不批准；另一方面，各地诸侯，当然也包含国民却认为与外国签订条约会给国家带来危机，对此持反对态度。当时，京都的反对势力最强，京都已经成为反对派集结的中心，全国的有志者都聚集到了京都。但是，天皇采取了拒绝态度。幕府夹在中间两头为难。这是安政五年福泽先生去美国之前的事情。当时，幕府派阁老堀田备中守（正睦）作为使节到京都，企图施加压力，没想到全国的有志之士不但撺哄鸟乱，而且发生了在途中刺杀堀田备中守的事件，最后堀田备中守在无路

① 汤森·哈里斯，美国首位驻日公使。——译者注

可走的情况下只得逃离京都。幕府在进退维谷的时刻准备任命当时高名的井伊扫部头（直弼）为大老[①]，没想到却在京都又发生了有名的大狱，按照现在的说法就是出现了“政变”。御公卿和有志之士被一网打尽，条约终于得到批准。安政五年，政府公布了五国条约。不知在场的各位是否还有人记得当时公布条约这件事。庆应义塾大学就是在这样的时期诞生的。

当时，福泽先生究竟是排斥通商派，还是开国派？我没有具体调查，但是已经处于无法排斥通商的状况，这一点他应该心知肚明。但是作为一个爱国者，迫于外国的要挟签署条约，对此他肯定怏怏不乐。

之后，根据条约幕府向美利坚合众国派出了三名使节。这是 1858 年，也就是安政六年派遣的。福泽先生乘上荷兰政府赠送给将军的军舰首次到达旧金山港。说是军舰可能大家会以为是一艘大船，其实只是不到千吨的炮艇。我们花了两年时间在长崎跟荷兰士官学习航海技术，学习机械操作，还有水夫们也参加了训练，还雇用了一些渔夫等，居然就这样大胆地横渡太平洋到达了旧金山。福泽先生是作为随行人员跟随高名的木村摄津守先生（芥舟）、胜麟太郎（海舟）一起去的美国。当

---

① 江户幕府时代辅佐铁将军的最高官职。——译者注

时旧金山没有现在繁华，还是美利坚合众国最偏僻的乡下。他们虽然出发之前就学了一点英语，不过到达旧金山之后才了解到英语的重要性。英语积聚了“盎格鲁－撒克逊人和美国人”两个大陆的力量。福泽先生已经意识到世界开放后将来必定受英语的支配，于是便开始热心地学习英语。基于这样的考虑，他从美国回国后就更加积极地投入了教育工作，同时也有一段时间为幕府工作，协助幕府为实施通商条约多少提供了一些帮助。

### 福泽先生面临的困难和表现出的勇气

或许听了刚才的一番话，大家会认为福泽先生轻而易举就获得了成功，以为一位伟大的天才所有事情都可以一帆风顺，其实事实绝非如此。（掌声）当时，他已经切身体会到开国的必要性，有必要将盎格鲁－撒克逊人的文化引进日本，且必须学习英语。他性格直率，自然就积极主张。那时候，外境对福泽先生的压力非常大。虽然井伊扫部头的京都政变暂时平息了排斥开国通商的运动，京都也安静下来了，但是反作用也马上出现了。在幕府向美利坚合众国派遣使节、了解美利坚合众国的文明的时候，幕府政府也彻底打消了改革日本的想法。使节回来后，看到主张开国的重要人物井伊扫部头已经在樱田之变中被排斥开国通商的粗暴有志者们杀害。幕府的形势剧变，京都的势力非常强大，已经强迫幕府决定排斥开国通商。在这样的状况下，福泽先生从美利坚合众国回国后开始提倡欧美文明，并立即积极推进发展日本文明。一方面，国内的形势越来越倾向于排斥开国通商，谁要是稍微主张开国通商就会立刻遭到暗害。在这样的压力下，懦弱的人大多都闭嘴了，很多人都不再吭声。（掌声）现在看来似乎不是什么大事，可是，在当时的状况非常紧迫，处于非常恐怖危在旦夕的时期。

在这样的状况下他依然坚定不移地坚持自己的主张。也许按照现在年轻人的观点来看，一定会以为封建武士都非常富裕。其实，那时候福泽先生很贫困，和我们一样贫困，方才镰田荣吉校长曾谈到奥平侯的藩主宅邸等，听起来似乎很豪华，其实就是轮流当差的大杂院，租借的大杂院。（掌声）实际上处于非常贫困的状态，这是诸君可能做梦也没有想到的状况。如果想要具体了解的话就请到贫民窟去看看就明白了。在这样的状态下，福泽先生仍然从事教育，静心传授，不仅如此，而且随时都有可能遇到生命危险。前有贫困的压力，后有排斥开国通商的压力，腹背都是敌人的状况下，福泽先生置生死于度外为发展民族文明奋斗不息。

实际上，外界的压力反而激发了他百倍的勇气。他头顶结着丁髻[①]，佩戴着大小的带子，一副寒碜的样子的照片一定还保留在学校。福泽先生晚年后变得非常温和慈祥，非常理性，诸君可能无法想象他曾做出什么过激行动，一定是一位很平和的人。的确，他平时非常平和，但是如果遇上问题便激昂起来，会电光石火般做出一些惊人的勇敢的事情。（掌声）

## 思想界的大变革与破坏性大运动

在这件事情上，我们已经有很多实践。在此有必要跟大家谈谈其中的一个事例。或许大家已经了解这段历史。当时在这样的状况下终于开始王政复古。在幕府两百五十年的荣华接近尾声的时候，福泽先生在幕府拿着微薄的俸禄。在有志之士看来，接受幕府的俸禄可能会觉得不可思议，其实情况并非大家所想象。福泽先生以发展民族文明为目的，幕府灭亡或伏见事件的失败他都

① 江户时代中期以后明治时代以前日本男子在头上结的发型。——译者注

不会在意。当时他好像是在铁炮洲[1]或者新钱座[2]轮流当差的大杂屋给书生们讲课，仅此而已。

当时，幕府开设了开成所，将稍微有点学问的人都雇用起来做外语书籍的翻译。可是让这帮人聚集起来统一朝一个方向努力不是那么容易的事情。萨摩藩和长州藩商量拥立天皇搞暴乱，来反抗幕府，可是不管他们怎么派人去给福泽先生带话，都得不到回应。这些人想，先生虽然看起来强硬原来是个胆小鬼，就去质问先生："你这个胆小鬼！""不，我本不想说，只是讨厌战争！讨厌内部对立！现在已经不是这样的时期，今后需要搞学问发展国家文明。""萨摩藩与幕府将军之间的对立，先生说是对立，谁赢谁输都无所谓，如果为了这样的事情去送命就太不值得。"他当时就这样告诉他们。听起来似乎不是什么大事，可当时的环境，是一言不合就会被砍头的危险时期。那时候，彰义队等就在上野威胁要杀了大家，要挟要杀了大家。即使在这种危在旦夕的状况下，福泽先生也丝毫没有改变自己的主张。

之后，终于实现了王政复古。到明治二年（1869）

---

① 东京都中央区东部，江户时代的地名。——译者注

② 江户时代的地名。——译者注

的时候，劝福泽先生反抗官军的人都提交了请愿书。这是福泽先生最得意的一段历史，应该在他的日记里也有记载，在场的诸位也应该都有所闻。本来一直没有公开的原因是如果告诉世人真相会让有些人尴尬，但是这已经成为历史了，既然已经成为历史就无需介意了。具体来说是怎么一回事呢？那是明治二年的时候，世上流行请愿书，福泽先生的朋友都是学者，擅长写文章。可是似乎西洋风格的文章或者翻译文体的文章都不合适。既然是大政奉还、王政复古就应该恢复以前的模式，应该使用古文，但是西洋学者不会古文。大家看到请愿书后都感觉敬畏不已，于是都用这样的文体提交了请愿书。这样就可以立即被雇用当差，这些人都成了官吏。当时福泽先生正好在热海泡温泉，这些人也来劝说先生，说世道变得有意思了，你也去做公务员吧！只要递交请愿书就可以马上做官。福泽先生却回答说："实在抱歉，我最讨厌当官，实在没有兴趣。"那些之前劝福泽先生一起打仗，说他胆小的人现在也当了官，因此，这些人就被冠以"先生"的头衔，被称作"官吏先生"。真是奇谈！这些故事大家听起来也许觉得滑稽，当时却不是寻常之事。王政复古的势头汹涌，正如刚才牧野伸显文部大臣谈话中所提及，当时是政府万能主义的时代，如果想干点事业就必须进政府任职，嫌麻烦的人肯定是无法做到的。

之后，进入王政复古时期，在思想界却出现了复古思想与维新思想两大潮流的冲突，经常出现叛乱。全国的保守党进行了猛烈的反击，经常出现暗杀事件，那些了不起的官吏们都被暗杀了。在这样的环境下，福泽先生在干什么呢？从我亲眼所见还有听说的情况来看，福泽先生的最大目的是掀起一场思想界的大变革。中国的思想、封建的形式主义的思想，如果不通通打破就根本无法引导日本走向文明，于是他提倡当时英美国家正在盛行的功利主义，从根本上打破儒教主义、封建主义、形式主义，当然他也有过一些过激的言论。如今看来这些极端的言论有些幼稚，但在当时是根本彻底解放国民的思想。他试图发动一场思想界的革命，一场大革命，思想界的大革命。

当时，很多年轻气盛的人和顽固的书生们都极力制止福泽先生，为此庆应义塾大学的学生都非常担心福泽先生的安全。政府当局也很反感这样的极端行为。刚才谈到的大久保利通先生那样伟大杰出的人物当然理解，但是大多数人并不接受。可以说是“破坏党”吧！确实是“破坏党”。如果不完全打破思想界的桎梏，如果不打破旧的东西，就无法引导日本走向文明，必须将旧的通通打破。即使玉石俱焚也在所不惜，如果不彻底打破就无法建立日本文明。对亲聆福泽先生教诲的人来看，这样粗暴的行为实在是不可思议。

但是，福泽先生为了国家和社会，一旦决定了就无论遇到怎么大的阻力即使赌上生命也在所不惜。他实施了这场破坏性的大运动。这样勇敢的行为使福泽先生在所有领域都获得了成功，并且赢得了大多数国民对他的尊重。他伟大的根本就是破坏性大运动。当时先生执笔的文章都保留下来了，大家拜读以后就会了解他所要做的就是打破一切，打破日本陈旧传统道德的根本。这种破坏的余波还涉及妇女、政治以及经济问题。正如用杯子洒水时水会流向四方，这样的破坏性运动的余波影响到了所有领域。其间，大家的认知也得到提高并圆满地在各方面发挥了作用。但是他并不是仅仅走在国民前面，了解了盎格鲁－撒克逊文明和精神，也并不是仅仅将盎格鲁－撒克逊文明和精神与日本文明结合起来传授给思想界，而是以莫大的勇气为实现理想带动大家展开了一场革命运动，因此他也受到非常强烈的反抗和压迫。虽然异常艰难但是先生最终付诸行动并得以实现目标。迄今国民尊崇福泽先生的原因就是他引导的明治初年的破坏性大运动打破了日本精神界和思想界的桎梏。晚年以后，福泽先生的种种修身、独立自尊以及妇女问题等建设性道德论恰好是为了收拾这些破坏之后的残局。（掌声）

## 庆应义塾秉承了福泽先生的精神

直至先生仙去，我与先生随着关系的亲密，友情也愈加深厚。失去我最敬畏的前辈让我非常悲痛。福泽先生的精神和思想就体现在庆应义塾这样一个团体上，这个团体是一个有机体，它秉承了福泽先生的精神，并且一定会发扬光大。而今福泽先生构思的十分之一都还没有得到实现，特别是先生晚年提出的一些道德问题。这是先生给诸君遗留的责任，我相信也是为庆应义塾这样一个有机团体遗留的财富。（掌声）

这次五十周年的庆典将福泽先生的精神以这个大型图书馆的方式具体化，同时这样的精神今后将在庆应义塾这里不断发展。现在有很多公立或私立学校，如果把这些学校当成兄弟的话，庆应义塾就算是大哥了。帝国大学和其他的公立学校，所有学校合起来也仍然年轻。庆应义塾大学是最老的前辈，是日本新文明最大的鼓动者，也是真正伟大的指导者。庆应义塾大学这样一个团体生命中秉承着福泽先生的精神。生命有限但是精神无限，庆应义塾大学这样一个团体的精神将永无穷尽地与国家共同繁荣。我们坚信它将为国家做出巨大贡献，（掌声）因此，在为既往祝福时我们也同时为庆应义塾大学的未来发展祝福。（掌声喝彩）

摘自《大隈重信演说谈话集》

岩波文库，岩波书店

2016 年 3 月

翻译　吉田庆子

# 我喜爱的书籍

芥川龙之介

芥川龙之介（1892—1927），日本著名小说家。代表作有《罗生门》《竹林中》《鼻子》《偷盗》《舞会》《阿富的贞操》《偶人》《橘子》《一块地》以及《秋》等。

芥川龙之介生于东京，本姓新原，父亲经营牛奶业。他出生后9个月，母亲精神失常，于是将其送到舅父芥川家为养子。芥川家为旧式封建家族。龙之介在中小学时代喜读江户文学、《西游记》《水浒传》等，也喜欢日本近代作家泉镜花、幸田露伴、夏目漱石、森鸥外的作品。1913年进入东京帝国大学英文科。学习期间与久米正雄、菊池宽等先后两次复刊《新思潮》，使文学新潮流进入文坛。其间，芥川发表短篇小说《罗生门》《鼻》《芋粥》《手帕》，确立起新星作家的地位。1916年大学毕业后，曾在横须贺海军机关学校任教，不久辞职。1919年在大阪每日新闻社任职，但并不上班。1921年以大阪每日新闻视察员的身份来中国旅行，先后游览上海、杭州、苏州、南京、芜湖、汉口、洞庭湖、长沙、郑州、洛阳、龙门、北京等地，回国后发表《上海游记》和《江南游记》等。自1917年至1923年，龙之介所写短篇小说先后六次结集出版，分别以《罗生门》《烟草与魔鬼》《傀儡师》《影灯笼》《夜来花》和《春服》6个短篇小说题目为书名。1927年发表短篇小说《河童》，对资本主义社会及其制度作了尖锐的嘲讽。同年7月由于健康和思想情绪上的原因，服毒自杀，享年35岁。

孩提时喜爱的书籍中，《西游记》应数第一。这些书至今仍然是我的爱读物。在西方应该没有这样的人物比喻故事。即使著名的班扬[①]所著的《天路历程》也无法与之媲美。此外，《水浒传》也是我的爱读物之一，至今仍然百读不厌。有个时期曾将《水浒传》中的一百〇八个豪杰全部暗记下来。那时候对我来讲，《水浒传》《西游记》等远比押川春浪先生的冒险小说有趣多了。

上中学以后，喜爱看德富芦花先生的《自然与人

① 约翰·班扬，英国文学家。——译者注

生》、（高山）樗牛的《平家杂感》以及小岛乌水先生的《日本山水论》。同时，也爱上夏目先生的《猫》和镜花先生的《风流线》以及绿雨先生的《霰酒》等。所以没法笑话别人，因为我也曾经有过《文章俱乐部》的《青年文士录》中的那种"托尔斯泰、坪内士行、大町桂月"的时代。

中学毕业后，涉猎过各种各样的书籍，但并没有特别喜爱的，总之，喜欢一些近似于王尔德[①]、戈蒂耶[②]类型的风格华美的小说。或许是源于个人的秉性，还有一个原因可能是厌倦日本的自然主义小说后的一种反作用。但是，从高中毕业前后开始也不知道是什么原因，在兴趣和看待事物等方面都发生了巨大变化，变得极度厌倦前面所提到的王尔德、戈蒂耶等作家的作品。而这个时期开始倾向于斯特林堡[③]的作品。当时感觉如果艺术不具备米开朗琪罗[④]似的冲击力都是瓦砾。这可能是当时受《约翰·克利斯朵夫》等作品影响的缘故吧。

---

① 奥斯卡·王尔德，英国著名作家和艺术家。——译者注

② 皮埃尔·儒尔·泰奥菲尔·戈蒂耶，法国十九世纪重要的诗人、小说家、戏剧家和文艺批评家。——译者注

③ 奥古斯特·斯特林堡，瑞典戏剧家、小说家。——译者注

④ 米开朗琪罗·博那罗蒂，意大利文艺复兴时期伟大的绘画家、雕塑家、建筑师和诗人。——译者注

这样的心态一直持续到大学毕业以后，炙热的崇拜热情开始渐渐消退，一年前开始最吸引我的是那些沉静却充满力量的作品。不过沉静无力就完全无法激起我的兴趣。在这一点上司汤达、梅里美①以及日本的西鹤②等的小说对我来说既有趣又很有帮助。

在此附带一句。写序期间我把《约翰·克利斯朵夫》翻出来重新看了一遍，没有找到昔日的感觉。本以为那个时代的书籍已经无法激发我的兴趣了，没想到翻开《安娜·卡列尼娜》看了两三章，却仍然找到了昔日的那种令人心生感激的感觉。

摘自《芥川龙之介全集 第六卷》

岩波书店

1996 年 4 月

译者　吉田庆子

① 普罗斯佩·梅里美（Prosper M é rim é e 1803 年 9 月 28 日 -1870 年 9 月 23 日）法国现实主义作家、剧作家、历史学家。——译者注

② 俳歌作家，姓井原，也称井原西鹤。代表作有《好色一代女》、《好色一代男》、《西鹤置土产》、《日本永代藏》等。——译者注

# 我的翻译标准

二叶亭四迷

二叶亭四迷（1864—1909），日本作家，俄罗斯文学翻译家。本名长谷川辰之助，笔名二叶亭四迷。1864年4月4日生于江户。曾在东京外国语学校学俄语。后与坪内逍遥结识，开始文学创作生涯。1887年至1891年间写出第一部长篇写实小说《浮云》，首创言文一致体（白话文），成为日本近代小说的先驱。1889年后一度中断文学创作，先后任俄语教员、记者等。日俄战争后，发表长篇小说《面影》《平凡》，在日本近代文学史上亦颇有影响。曾译过屠格涅夫、果戈理、托尔斯泰、高尔基等人的作品。后刊有《二叶亭四迷全集》9卷。

翻译到底应该怎么才算好，这个标准因人而异，本来就不可能一概而论。在此我只是谈谈我个人一直遵循的方法。

总的说来，虽然看起来不觉得，不过认真玩味后就会发现西文自带一种音韵，如同音乐一样，读起来抑扬顿挫，朗朗上口。因此，只是聆听别人的朗读也觉得颇有趣味。自然文章的实际意义当默读起来更易于理解，即使凭我那点靠不住的知识无法充分理解的部分，朗读起来也会感觉趣味无穷。这的确是西文的一个特征。

但是，日语的文章就没有这样的调子，冗长无休。如果只是默读还好，要是朗读起来就显得非常单调了。或许是缺少抑扬的缘故，或许我的读法不对，抑或日语本身就不适合高声朗读。

可是，我们在翻译外语的时候就必须移入它的语调。这是我翻译的时候首先要遵循的形式上的标准之一。

因此，在研究逗号、句号等停顿方法以后，我首先发现的就是同样内容的句子的重叠使用问题。比如说麦考莱[1]的文章中常常出现的"in spite of"便属于这种类型。从意义上讲两个、三个或四个等就足够的东西，因为音韵的关系再添加一句补充。从意义上讲，一句就已经说尽的话，自然不可能安插别的不相干的话在后面，亦无别的办法，只好把同样的话再重复一遍。

---

① 托马斯·巴宾顿·麦考莱，英国历史学家、政治家。——译者注

言辞表达上也有这样的问题。比如日语的“やたらむしょう”(“やたら”与“むしょう”是同义词，都是非常、极度之意）等，或者“強く厳しく彼を責めた”(“強く”与“厳しく”的意义比较接近，都带有强烈、严格之意)，或“優しく角立たぬように説得した”(“優しく”与“角立たぬ”都有温和、不生硬的含义）都属于这种类型，类似例子在西文中也屡屡出现。这些的表达方式除了明确文章的意义以外，或与音韵相关，或因为加副词的原因，结果本来两个词就足够的却再添加一个变成三个形容词，等等。此外，断句方式不光有意义切断，也有不少因为语调而断句。

那么，翻译外语的时候，如果光注重含义将重点放在结构时就有可能破坏原文的风格，必须领悟原文的音韵后再翻译。我信守这一点，所以逗号、句号都不会随意放弃。如果原文有三个逗号，一个句号，那么译文也会是逗号三个，一个句号，按照这样的方式将原文的音韵传达过去。特别是刚开始从事翻译工作的时期，为了达到语数与原文相同，在形式方面下了很多功夫。不过，实际结果却事与愿违。最终发现自己的能力还没有达到自己的翻译标准。虽然曾有一个时期放弃了原则，但绝非本意。之后很长一段时间依然遵循这个形式上的标准。

那么，最终结果如何呢？翻开自己的译文，哎，实在是佶屈聱牙，一塌糊涂。因此，世人的评价也不太好，虽然偶尔有人赞赏，但经过调查后发现世人的评价还是以批评居多。不过，对于我的苦心成果，既没有人在我失败的基础上指出哪一个地方失败，反过来又没有人指出哪一处已经成功，到达何种程度。因此，即使我获得赞赏，也因为并没有具体的赞赏标准而无法让人感到喜悦，而批评的意见也属于错误的判断，不能带来任何启发。总之，因为是单枪匹马的挑战，除了真正实际有用的毁誉褒贬以外，早已对他人的评价超然于物外，只是自己关注某一点并为此付出了千辛万苦而已。这是源于对文学的强烈尊重。如果基洛夫[①]是以非常神圣的心情创作的某部作品，那么翻译的时候也应该抱着神圣的心态。我坚信这一点，所以对一字一句都非常谨慎。

本来，文章的形式依据作者的意境各不相同。基洛夫有基洛夫的文体，托尔斯泰有托尔斯泰的文体。自成一家的人大都有自己独特的文体。日本、中国的作家都一样，文体与作者的意境有着密切的关系，而且文体也

① 谢尔盖·米洛诺维奇·基洛夫，20 世纪 20 年代—30 年代联共（布）的主要领导人之一。——译者注

各不相同。因此，在翻译这些作品的时候，不可能用一种文体来概括整体。基洛夫的就按照基洛夫的，高尔基的就得按照高尔基的，需要理解他们的意境。严格地说，就是起居坐卧、身心都尽量模仿原作者，忠实地传达原作者的意境。这实际上是翻译的必要条件。

以基洛夫为例来说，他的诗的意境既非秋又非冬，而是春天。即使春天也不是初春或中春，而是带有晚春之象。在樱花浪漫绽放、稍稍开始落花飘零的时候，遥看远处晚霞染空，美丽朦胧春月映照的夜晚，漫步在蜿蜒樱花小道的情趣。简单地说，就是艳丽中飘零着丝丝寂寞，这就是基洛夫的意境。其结果是，这样的氛围自然而然地贯穿到他整个作品里面，翻译的时候便不能丧失这样的意境。如果不是站在原作者的境界来翻译，就容易偏离原文的调子。这种时候就不能拘泥于逗号、句号，或者其他形式上的东西。首先从根本上融入原作者的意境，然后在不破坏诗的形式的基础上着手翻译。

实际上，我在翻译基洛夫的作品的时候，曾经尽量沉浸在他的意境，抱着与他的意境融为一体的念头，却没有成功。而没有成功的原因也是前面谈到的标准问题。其间我也辗转反思，我给自己制定的标准并非无法实现，却是一种比较困难的方法。因为我日语的文章本来就写不好，相比之下俄语的文章反倒感觉容易理解。也就是说，虽然能够理解原文的情趣，却不具备再生产的能力。

那么，还有没有其他的翻译方法呢？根据我的各种研究，发现茹科夫斯基[①]的方法非常有趣。茹科夫斯基是俄罗斯诗人，却以翻译家的身份而为人知晓。他翻译了很多拜伦的作品，手法也巧妙至极。尤其是当时俄罗斯的社会状态处于盛产小拜伦的时代，特别是茹科夫斯基，可谓铁骨铮铮，或许是因为冥冥之中恰巧与拜伦的意境合拍，结果给他带来了巨大的成功。不管怎么说，他的译文的确是非常漂亮的俄语。

但是，当我们将拜伦的原诗拿来比较时就会发现它们的表达方式完全不同。原文的仄起变成平起，平起的地方反而变成仄起，原文有韵的地方变得无韵，随处可见原文中没有的形容词、副词等。也就是说茹科夫斯基打破了原文的形式创立了自己的诗形，译文只是保留了原文的意思。那么两者朗读后又感觉如何呢？因为英文本来不是我的强项，不好意思妄自尊大擅加评论，不过感觉相比之下译文的情趣和诗意更加易于理解，原文读

① 瓦西里·茹科夫斯基，俄国十九世纪初期浪漫主义的代表作家，杰出的翻译家。——译者注

十遍也弄不懂的地方，译文只要一遍就可以感受到诗词的种种美妙，并且从文章的印象来说怎么看都是拜伦啊！总而言之，用我靠不住的英文来享受拜伦，还不如直接读茹科夫斯基的更省事。

因此，我联想到了我的翻译模式。拘泥形式，以为必须这样才算成功的标准反而从形式上束缚了我的文笔，导致文章变得佶屈聱牙。可以参照茹科夫斯基的方法，只要保留原作中蕴含的诗意，完全可以采用别的形式来表达。虽说有这样的想法，但是怯懦的性格导致我即便确定方向、下定决心，最终也没有付诸实践。因为按照茹科夫斯基的方法需要具备充分的文笔，打破原诗的形式以后还需要按照原诗的意境创建新的诗形。我担心我的文笔无法支撑这个理念。还有一个原因就是虽然我长期以来实践的翻译方法没有获得成功，但至少形式上贴近原文，不会出现太大的失败。可如果按照茹科夫斯基的方法来做的话，成功了将会光彩灿烂，反之则将狼狈不堪，如果对自己的文笔没有高度的自信是不敢触及这样的领域的。我到底不是一个胆大的人，优柔寡断最终使我没有付诸实践，而今仍然继续按照老方法在做。

不过，这都是自己以前认真踏实地做翻译的时候的事情了。最近呢，哎，就别提了。

摘自《平凡·我是怀疑派》

讲谈社文艺文库、讲谈社

1997 年 12 月

翻译　吉田庆子

# 翻译制造株式会社

户川秋骨

户川秋骨（1870—1939），文学家、随笔家。本名户川明三，东京大学英文系毕业后在庆应义塾大学任英文系教授。岛崎藤村的同学。1893 年参加《文学界》的创刊，介绍、评论海外文学。曾翻译《爱默生论文集》（1911—1912）、随笔文集《英文学杂记簿》（1926）、《都市情景》（1933）、《自画像》（1935）等。

机器停下来，高低起伏敲动就跳出来几个字，然后再停下来再跳动几下再出来几个字，这样周而复始便聚集成很多字，把它们排列起来就变成了了不起的学问。这是众人皆知的《格列弗游记》[①] 的情节，斯威夫特写下的拉格多科学院的报道。现如今翻译比这个还要容易。

① 英国作家乔纳森·斯威夫特著。——译者注

刚开始翻译西洋的名著可谓“坎坷崎岖”，不过坚持下来不断敲打机器积累经验以后，也可以很快完成。这样的翻译只要完成一个，之后就流畅无比，比拉格多市的科学院的机器操作更容易。实际上不管任何翻译都可以找出问题，没有找不到问题的，只要在翻译上找到一点错误，就可以大肆宣扬，然后在其他地方加几笔修改，只要比之前更笨拙就足够了。说笨拙不好听，其实就是文辞艰涩难读。这样折腾一下，不管多少翻译都可以生产出来。我把这样的翻译称为“有限责任翻译制造株式会社”。什么“翻译不忠实原文”，“违反原意”等都是无稽之谈，完全没有必要顾及这些事情，考虑这些问题不光无益反而有害。喧哗这样的问题反而阻碍文化的普及。

正如以前纺织女工的手工纺织工作，大型工厂变成大型产业。所谓的大量生产剥夺了女工们的工作，以前这样的翻译都是贫困文人或教师的副业，现在被大资本家改变成为大量生产。一方面剥夺了贫困文人和教师的副业收入，另一方面不仅为资本家带来财富，也为翻译者自身带来大量的财富。

这样的大量生产模式的翻译不仅给资本家和文人带来幸福，也使世界的伟大思想、文艺以极其低廉的价格遍布天下，对文化来说，无疑是一个巨大贡献。莎士比亚曾经说过："天授恩惠总是具有正反两面。"这样的事业因为具备三重恩惠，难道不算是一个壮举吗？举国上下都应该为这样的壮举举手称赞，上至朝廷高官，下至小巷文人，都应该高歌颂扬这样的美德。对了，它还给我们还带来了恩惠，看看新闻报刊，除卖药的广告以外都是翻译的广告，不知道给报刊带来了多少收益！这难道不值得举国庆贺吗？

伊丽莎白王朝时期，英国引进意大利文艺的时候，或十八世纪初受到法国文学影响的时候，应该是莱辛[①]吧，所有来自莱茵彼岸的东西都被讴歌。德国在感叹模仿法国大学的时候，日本的任何时代都没有比现在更能够打开襟怀接受外国文学吧？现在被称为"一元书"的那些受世人欢迎的大半都是翻译文学。什么世界文学、世界大思想、近代戏曲、近代……要找翻译以外的东西都困难，即使书上没有标注是翻译，内容也是翻译来的。实际上，很多作品虽然没有标注是翻译却来源于翻译。让人诧异为什么以前大家都没有想到这么简单、这么容易造福社会造福文人的便利好行当？让人诧异为什

① 戈特霍尔德·埃夫莱姆·莱辛，德国戏剧家、文艺批评家和美学家。——译者注

么迄今没有人想到这样的好方法？将人或者文艺商品化的确是一件难事，撇开文艺不说，翻译根本没有必要如此高谈阔论，本来不就是商品吗？正如本文开头所述，不过是机器堆积出来轻而易举就可以制造出来的东西。如果说这不是商品的话，那是什么呢？我觉得依靠这样的事业，人们既可以获得利益，又可以为世人带来利益，是最近代、最智慧的事业。只是问题在于，外国文学像洪水般涌入的状况到底是好是坏，让人担忧。古往今来，任何国家都没有出现过这样外国文学蜂拥而入的状况，让人不得不忧虑人心是否厌腻，当然这是杞人忧天。买书的人不一定读书，即便读了，用这样的方式翻译出来的作品也是无法轻易读懂的。能够理解的就不是翻译，因为有不解之处这样的翻译才有价值。实在不可思议！在日本，如果提起翻译就是让人不解的东西。这是我过去的主张。在西洋各国翻译是容易理解的东西。因为成语或惯用句都是说明性的，文体也不是感性的，总之是非常理性的说明。也就是说词汇文体组织完全不同，而日本的翻译完全不可理解，不可理解是翻译的主要标准。如此一来，即使翻译堆积如山，也绝对无法激动人心，扰乱本地思想，所以这样的忧虑纯粹杞人忧天。

最近的翻译不能光用粗糙或粗暴来说明，特意这么说似乎像上了年纪的人的诳语，实际上这篇文章的作者确实是一位老人，这完全不符合事理。我是翻译不可能论者，从真正意义来讲，我认为翻译根本不可能。因此，虽然常听说什么新潮社的翻译好评很多，没有粗制滥造，等等，我从来不会相信这些鬼话，是好是坏最终不过半斤八两。其实，事物差半斤八两还真是一件大事，低气压和高气压之间的差距极小，要说体温三十七摄氏度的话是正常，高过三摄氏度超过四十摄氏度就是高热了，半斤八两相距甚远，需要根据场合，无法一律而言。对零来讲一就变成无限大，对不可能来说什么误谬、错译都是小事一桩。

我认为翻译有两个种类。第一是不拘泥于原文，随意翻译。原文即使是左也可以翻译成右，即使有也可以翻译成无，无须顾忌，随意按自己的想法翻译。即使文章情节不通，译者也不理会话题的变化，我将这种称为“随性翻译”。无须多言，读者们都足够了解这样的例子。相反，还有一种翻译叫作“逐字翻译”，一字一句都不忽略，完全照搬原文语序。这样的翻译，不明所言，当然无法理解。译者本人也不理解，但是从翻译来讲是忠实的，无法要求更多。举个有趣的事例，不论前者后者，

哪一种翻译如果写错都会受到指责，在此就举一点策略性的例子。老师说“グロオワアム（glowworm）”的字是像苍蝇一样的虫子在夜间后尾发光的东西，然后学生就说：“老师这不是萤火虫吗？”这是属于后者，第二种翻译方法。“ヰイク·デイス（week days）”就是平日，“インゼ・ロング・ラン（in the running）”就是指长跑这样的方式。两种都是很重要的方法。我不知道今日的大量生产是否是按照这样的方式的，可以断言这样的方法是最容易、最方便的。

这些都是与本文的翻译制造公司不相关的话题。附带提一下那些称赞将日本文学翻译到西方去的观点。日本文学卓越这一点我毫无异议，外国人感兴趣并翻译成其本国文字我也没有异议。但是如果日本人将自己的文学翻译到他国还得意扬扬，我就觉得非常滑稽了。不仅滑稽，从某种意义上来说应该是耻辱。这样的事情应该算作耻辱，至少是不明事理的事情。如果是帮助西方人翻译还可以接受，但是如果自己翻译还接受西方人的帮助最后刊行的话，我觉得就太愚蠢了。假如有一位英国人，即使他精通日语，但如果他试图将莎士比亚翻译成日语的话如何呢？无法想象的傻话。以前外国的传教士们在将《圣经》翻译成日语时，曾经发生过这样的事情。

即便如此，也大部分是借助了日本人的力量。即便是英国人也没有将自觉骄傲的莎士比亚或米尔顿的作品翻译成日语，因为这是不可能的事情。在外国陈述自己的意见、创作等类似的事情在西方也有，我孤陋寡闻，还从未听说有将自己国家的东西翻译到其他国家的事例，在外国文学方面从未听说过，即使有恐怕也是非常稀少吧！但是，在日本有翻译公司，类似事情经常发生。如果是为了学生学习将日语翻译成英语，也属无可奈何。但如果是将日本文学传播到国外去，那就让人惊骇了。如果这样的事情不是意外也不是例外，而是理所当然，那就更让人惊骇了！似乎像日本这样的翻译大国，出现翻译公司这样的事情也没有什么大惊小怪的。

提起翻译大国，日本所有的东西都是翻译来的。政治、教育、事业通通如此。当中有优秀的也有错译。文艺翻译中既有“随意翻译”又有“逐字翻译”。飞机“坠落”、电车电灯的“停电”恐怕都是错译来的。至少是拙笨翻译的结果吧！我每次去三越百货公司都感叹原来西洋的“Department store”翻译成日语的时候便会变成这样。反之，立在须田町的铜像[1]的确是错译。而且大概

① 该铜像建筑于1910年，据称是以广濑中尉为模。巨大的铜像和高台的设计非常低俗，完全破坏了街道的景观。在此秋骨先生把这种拙笨模仿西方的做法比喻为“广场的错译”。——译者注

是逐字错译吧。恐怕没有更丑陋的直译英语了。说起须田町，这也是我曾经谈过的事情，这个地方本身就是错译。两国的情况也一样，将旧广场撤掉后，建新广场也搞出错译，这些都是显而易见的事例。而今世上有不计其数的令人心生厌恶的事情，大多不就是因为错译导致的吗？

日本所有的东西都是翻译来的，即使说这个国家是一个古今东西前所未有的文学翻译国家也不足为奇。出现翻译制造公司也就成了顺理成章的事情。但是翻译的目的到底是什么呢？这样乱七八糟的事情我不了解，总之自己国家以外的人们，到底在想什么？外国是用怎样的观点在看待问题的？怎样感觉的？等等，通过了解农作物，丰富自己的头脑，调整自己的观点，看待事物的视点、感受方式等，最终是为了提高自身素质。既然如此，那么翻译的方法也自然而然就确定下来了。在此无须我赘言。错译或者拙笨的翻译，不仅没有完全达到目的，更重要的是它有很大的弊端。这样的东西，反倒是没有的好。正如须田町的铜像出丑一样，“电车”“电灯”等让人困惑、传达错误的思想或看法，对社会反而有害。即使问题没有那么严重，但是粗制滥造的翻译是在误导原作的思想，我个人就有过这样的体验。比如小时候我们读约翰·班扬的作品，大概是当时的翻译仍然处于文学思想幼稚时期，内容寡然无味，导致我时至今日依然厌恶类似作品。一方面危害世人，另一方面危害原作，这样的情况与莎士比亚所说的状况相反，是双重灾难，让人不寒而栗。读者或许会问，你刚才不是说翻译是一件容易的事情吗？的确如此，那是指销售用的翻译不是文艺翻译。我本来是翻译不可能论者，从这一点上来说没有资格对翻译说三道四肆意评论，反之，虽然不能做翻译但是可以解说，即注释解说是可以的。通过这样可以介绍原作的思想、观点和感受的方法。

再者，翻译这种东西极不可靠。希望大家尽量不要看什么翻译的作品。这也与翻译不可能的理论有关。即使偏袒说翻译就像版画，无法介绍原作的细腻笔风、色彩和氛围等，欧洲各国也同样如此，何况用社会环境全然不同的日语来表达，或使用日语的笔风来描写西文的气氛自然是不可能的。我个人认为尽量避免西文的东西是一件好事，甲国的事物用乙国的语言来阅读，即使看了也不能全信，各位如果稍微了解西洋文字我建议直接阅读原文。虽然无法大量阅读或深刻感受，但是至少可以直接得到所谓纯粹的东西。如果不是纯粹的，没有必要勉强接受外国的东西，做半吊子外国通。依靠翻译来解释欧洲文学，这才是胡言乱语，如今这样的人极多。比如依靠这样的版画评论西洋画。如果翻译书籍都如此，还不如多读一些日本的作品受益更多。相比之下，放置了几个小时的啤酒还不如喝点热烫的低劣日本酒。如果说做不出好的翻译作品，那么我倒是情愿主张翻译有害论。

翻译株式会社变成一个很严肃的事情，其实翻译这种事情根本无须如此认真思量。毕竟委托株式会社大量生产是对它自身有利、对世间也是有益的事情。本来日本就是这样的国家！

摘自《日本的名随笔 别卷 45　翻译》

作品社

1994 年 11 月

译者　吉田庆子

# 语言与文化史

## ——探究阿伊努文化的旅途

知里真志保

知里真志保（1909—1961），阿伊努语言学家，文学博士。专攻阿伊努语言学。她姐姐知里幸惠著有《阿伊努神谣集》，哥哥是知里高央，在学校教书的同时从事阿伊努语的词汇研究。

知里真志保大学的指导老师为金田一京助。知里真志保从阿伊努民族的角度展开阿伊努语言的理论性研究，因《分类阿伊努辞典》获得朝日文化奖。之后，与阿伊努语地名研究者山田秀三共同从事研究，从阿伊努语学的角度对阿伊努地名进行了严密的解释性彻底调查，发表了大量的论文，并制作了《地名阿伊努语小辞典》，使大家加深了对北海道的地名的了解，为建立"阿伊努学"做出了卓越的贡献。

去年秋天，我在当地举办的一个文化讲座中针对现在我们所看到的阿伊努人的分布状况，主要从语言研究的角度解释了阿伊努民族是从北方迁移来的民族，他们的迁移路径大约是从堪察加半岛由千岛群岛南下到北海道，其中的一个分支从太平洋沿岸南下沿着钏路、十胜越过襟裳岬角一直移动到日高的静内附近。另一个分支则沿着日本海南下，在长万部附近再分为两个分支，一个分支到函馆以后越过津轻海峡，占据东北地区；另一个分支就是今天的日高的猿地区的阿伊努人，他们从长万部沿着内浦湾南下，穿越室兰到幌别、白老从东到太平洋岸，日高的静内附近，在那里与从十胜西来的分支发生冲突，沿着猿川进入内地。大约在北海道各地的海岸定居下来的阿伊努人从石狩川、十胜川、沙流川等逆着大河逐渐占据北海道的内陆。这次我想联系上次的主题，谈谈阿伊努文化的海洋性问题。

对居住海洋地区的民族来说最重要的工具莫过于船。阿伊努人将日本古代的万叶人所称的“给大船安装上很多桨”这样的大船称作“bencyai”或“rokuntewu”，从名称上就可以了解是日本的船，并非阿伊努人固有的舟。阿伊努人固有的船是独木舟，两侧板上安装的是“mochipu”“itaomachipu”，没有两侧板的，所谓“无蓬独木舟”就是“chipu”，这似乎是近代阿伊努人生活中最普遍的小舟。其他称作“yaachipu”的是山中狩猎收获猎物多的时候，临时剥下大木的皮，折叠两端制作成舟的形状，用木皮做纽固定，木枝加固后在石狩川等地使用。

这样的制作方法给我们提供的暗示是皮舟，即“tonchipu”。其实，我们并没有北海道阿伊努人实际使用船的证据，只是依据北海道各地的古老传说推断。比如传说中的魔鬼的宝物，打开折叠就可以漂浮在海上行走千里，等等。在古代文献中我们发现千岛群岛的阿伊努人似乎真正了解这样的东西。在《边要分界图考》这本书中，猟虎岛的野人（可能是阿留申人）中有一个叫“kimoheyi”的人来到得抚岛，制作了他们国家的船。制作方法如下：“用海狮皮做舟，准备好一个口袋模样的东西，在里面放入枝木，一人乘舟，扎好袋口，为了防止渗水，用贝左右划水，上岸后取掉树枝，折叠皮袋。”得抚岛的阿伊努人将它称为“dondochipu”。此外，国后岛的“tukinoi”的酋长也有一种叫“kurumuse 的舟像皮袋一样，如岛屿漂浮”等的记载。

现在即使在陆地生活的阿伊努人也常常有这种船的幻影。其中一例就是婴儿的摇床。阿伊努人将木头制作的类似雪橇的东西用绳从天井吊起来，把婴儿放入摇床，边摇边唱：

“睡吧，舟降落哟，降落哟 ho–chipu，ho–chipu”等，这样的“ho–chipu”“ho–chipu”的吆喝声实际上就是“划吧！划吧！”的意思，本来是阿伊努人船歌的场面。阿伊努人的孩子有一种叫“ho–chupu”的游戏。在室内，小孩子对坐着，面对面伸出脚来，脚底相对，两手互相拉，一边唱：

“Ho–chipu ho–chipu 高间的底部。”

“Kiriritu、kiriritu”，边唱身体边前后一仰一起。这样划船的动作在儿童世界的游戏中被保留下来。那个“ho–chipu ho–chipo”的吆喝声也是“划啊！划啊！”的船歌场面，即阿伊努人的摇床，阿伊努语称为“shinta”。由此可以了解它在阿伊努人的观念中就是船的意思。

这个摇床在叙述诗中愈加空想化，被描述成空中飞船，按照叙述就是航空船，神灵们乘着这样的飞船在太空中自由翱翔。桦太的叙事诗中特别提到绢制的小舟，可以明确了解阿依努人的思维。

桦太阿伊努人冬天使用的交通运输工具中，有著名的狗爬犁。犁台上装备有狗的东西叫作“nuso”，这是从吉利亚克语（尼夫赫语）传来的。对于犁台，也就是没有装备狗的犁台，阿伊努语叫作“shikeni”，这是“载行李的木头”的意思，在北海道是被用来称呼梯子的。这个犁台与刚才说的“shinta”，与摇床的形状相同，并且阿伊努人认为这也是一种船。

狗爬犁这种搬运工具在阿伊努语中被称为“yikusa”，“yikusa”本来是指用船只向对岸搬运东西。在狗爬犁上载上行李，并在上面盖上用鱼皮做的盖布，这样的盖布被称为“yikusakaya”。“yikusa”如前所述，是用船只搬运东西的工具，“kaya”一般是表达帆的意思。由此我们可以了解阿伊努人把狗爬犁上装载行李的运输工具视为飘逸的船帆。

阿伊努人将盛放食物的木盆叫作“nima”。从圆形的到四角形、细长舟型等根据用途各种形状都有。大概船的形状的东西都是按照原有的样子来的吧。因为，“nima”这个单词可能来自“nimamu”这个词。“nimamu”是船的一个古典词。在桦太把盛放鱼汁等用来喝的碗叫作“nibapo”。这个“nimamu”也是来自舟的一个词。还有一种叫作“horima”的餐具，这也是“ohonima”，即“深的船”的意思。汤汁被称为“ruru”，实际上“ruru”是指海水。可见是用海水煮的食物。

阿伊努人家里，室内中央有一个很大的用篝火烧煮食物的坑炉。炉子也体现出阿伊努人的沿海生活意识。众所周知，他们把坑炉中心红红燃烧的火焰的周边称为海洋，与炉框接触的周边称为岸。在叙事诗中形容炉边坐着的人有什么烦恼，想倾诉又犹豫的样子时总是出现的是“岸上的灰向海面上榜吧，海面上的灰向岸边划吧，在空当儿一边杵一边拌”的描述。同时，炉边被称为“yinunpe”，这是“捕捞鱼”的意思，他们将从炉中取出烤物的动作说成像在炉中撒网打捞猎物的样子。

阿伊努人是生活在海洋的民族，也体现在叙事诗中的各种谚语中。比如他们说受伤后人难受的样子就用钓起来的鱼临终时的痛苦挣扎来比喻；用“好像鱼翻身”来形容突然转身；我们说“从正面突破”，他们却说“像从鱼脊背划开”；我们说“青菜加盐”，他们则说“像永远泡在水里的昆布一样”。总之，他们拥有只有有过长期渔民生活才能产生的大量谚语。

由此，当我们关注阿伊努人的生活时，总能发现他们的生活中处处闪烁着海洋民族的影子，即使像熊祭那样在山上的活动也是如此。比如熊祭的时候他们一定会使用花箭，这也是海里的鱼，只是演变为花箭这样的东西而已。

阿伊努人本来是习惯于居住在遥远北方寒冷地区的

民族。阿伊努人将冰称为“rupu”，北海道和桦太地区以及千岛群岛地区也都这么称呼，可以认为他们在居住于北海道、桦太地区以及千岛地区之前，即远古时代开始就是这么称呼的。这个“rupu”实际上就是“融化的东西”的意思，因此我们可以明确了解他们将冰视为一般正常状态，也就是说他们长期习惯于居住在酷寒地区，显示出他们的北方人心理。

在他们的语言中也能看到这些特征。比如说元音协调元音调和问题就是一例。元音协调现象是乌拉尔、阿尔泰语族的有名的音韵现象，所谓的古亚细亚人的语言中也有出现，在美洲印第安人中也存在。虽然被断定并非阿伊努语言中传统的东西，但是实际上体系性地存活于阿伊努的语言中。这样的技术性内容今天就不做详细说明了。总之，我们关注的事实是北方的各种语言中普遍存在的元音调和现象，在阿伊努人的语言中俨然存在。

总之，他们是在悠久的古代从遥远的北国漂洋过海迁移到现在居住的岛屿的。可以想见他们并非一次性迁移，应该是分多次以小群体的形式不断移动的吧！之后定居在现在的岛屿沿海的海口。然后，逐渐向上游迁移，扩展到内地。

阿伊努语的叙事诗中有“遥远的山中，在看得见的山脉和看不见的山脉中间”的描述。看得见的山脉是指靠近的山脉，看不见的则是指远处的山脉，这样的描述只能诞生在沿海生活的人们的语言里。

阿伊努语的地名中“shinomanpe”是“流向遥远山脉深处的河流”的意思，“rikomape”是“一直流向高处的河流”，“horokanai”是“爬上高处中途一旦回转的河流”，很多类似地名。这些地名反映出他们以海岸生活为中心，沿着河流进入山谷中的古俗。我们认为百川归海，而阿伊努人则认为百川归山，因此将水源称为“peratoka”，意思是“河流的源头”。

经常有人说阿伊努人没有文字，因此不存在历史。但是他们的语言难道不是比文字更重要的历史吗？说他们的语言更胜于文字是因为文字记录有时候会歪曲事实，而语言则完全如实传承。这就是所谓的“不打自招”吧？

我想说明的是为了解开阿伊努民族历史的秘密，阿伊努语言研究才是最宝贵的钥匙。

摘自《和人吃舟》

北海道出版企划中心

2000年6月

译者　吉田庆子

# 从翻译的角度来看日语与欧洲语言

末松谦澄

末松谦澄（1855—1920），字青萍，幼时进入儒学者、汉诗人村上佛山的私塾学习汉学。学习英文后在东京日日新闻社做新闻记者，从事外国新闻翻译工作。1878年以外交官的身份渡英后先在公使馆工作，后为了集中精力学习，进入牛津大学攻读文学和法学，并取得法学硕士学位。在牛津大学留校期间首次尝试将日本古典文学作品《源氏物语》（摘译）翻译成英文并出版。

末松先生作为政治家曾担任过政府要职，在日本明治、大正时期的英文翻译方面留下了重要的足迹。当时末松先生采用的"通俗文"文体，对同时代的翻译文学带来了巨大影响。

在读书和写作方面日语与欧洲语言相比，即使是同样水平的文章，将日语的思想用欧洲语言表达或翻译，比将西方的思想用日语来表达或翻译要简单得多。归结其因，首先当然是日语的语言和文章在组织结构上与西方不一样。但是毕竟日语的语言和文章还没有达到西方的成熟程度。试看英语、法语、德语之间相互翻译的东西，精妙程度可以让人看不到翻译的痕迹，译文本身就可以是一篇出色的文章。即便英语、德语和法语文章的组织结构不同，但是它们的思想相互流通宛如大河中的小河流，在固有的表达方式方面从根底上是相互连缀的，堪称基于相同的源泉发展而来。试看，将英文书籍翻译成法语或德语，又或将德文的书籍翻译成英文或法语，其文章都很自然，没有牵强附会的痕迹。

反观日语的语言文章，与西方的相比不仅从根本上组织结构不同，而且日语还没有足够发展成熟。比如在表达西方的缜密思想时，日语的词汇就显得不够充分。总而言之，不得不说日语的语言文章仍处于幼稚之境。由此，如果将日语翻译成欧洲语言，沟通即使不似欧洲语言之间那样流畅，仍然可以拼凑成像样之物；反之，却完全无法用日语翻译出来。不过，如果是用日语的语言文章与汉语相比，那么从日语翻译欧洲语言就容易多了。除名词外，至少用日语的词汇可以直译西方之物，但汉语由于缺少伸缩性必须使用其他方式或以注释来补充说明，即便如此，无法将意思充分翻译到位的事例仍屡见不鲜。从词汇转换的角度来看，虽然日语从性质上可以将西方最先进的缜密思想用直译的方式表达出来，不过直译文从文章的角度来看，是使用日语固有的词汇转换后创造出的新奇词汇来组合成的新奇文章，以至于留下译者苦心的痕迹，这是人为的、不自然的。比如，最近我将在欧洲出版的《日本的面影》翻译成日语的时候，作为日语翻译应该算是比较成功的了，即便如此拿来和法语的翻译版本比较后就发现，法语版本更加巧妙且从文章来看也丝毫没有勉强的痕迹，完全看不出是翻译之物。归根结底，现在日语的语言文章仍然处于不成熟的状态是一个不争的事实。当然这只是从日本现有的词汇没有跟上现今的思想发展这种角度来认可这种不成熟。如若从旧式的传统书写表达来看，用以往的语言文字写出卓越的文章是已经绰绰有余了。比如将《源氏物语》那个时代的思想用当时的语言文字创作出来，《源氏物语》是丝毫不带有人工的痕迹，自然绝妙。然而，现今状况下，与一般思想发展的程度相比，语言文字却依然处于旧的形态，在文字表达上就会有力不从心的感觉。这一点与新进文士们所患的通病相呼应也算是一件奇事。且看新进文士们的小说就可以明显看出，他们是思想足够但学问缓不济急。比如对于某个事物的描述工笔上巧妙有余，却因为缺少文字的素养使用词汇不达精确，无可避免地暴露了处于不成熟的发展状态。当然，日语的词汇、文章的发达程度是否与人们的思想进步度相符合就得另当别论。只是不得不承认日文与欧洲语言各有千秋。日本的语言文章并非没有长处。例如在表达柔情、悲哀诗歌的思想时就具有欧洲语言无法翻译表达的特长。我也不是一开始就无视这些特征，但终究还是不得不说，从整体上来看长处较少、不足趋多。

从翻译的角度来看，无法将欧洲语言翻译成日文，或将日文翻译成欧洲语言的事例也不胜枚举。即使同样的词汇却无法捕捉到同样的感觉。从根本上我们无法将那些长期浸入在脑海里的汉语词和事物名称等翻译出来，比如日语的“月见（即赏月之意）”、或“花见（即赏花之意）”等。虽然西方语言中既有“月”也有“花”，也有“观”，却无法直接就用这样的文字来表达同样的思想。在这个问题上，把西方的语言翻译成日语时也会发生同样的问题。西方人将英语词翻译成德语词或法语词，基本上不会出现这样的问题。如前所述，即使是不同的语言，它们也如同一条大河流与小河流之间一样，有着千丝万缕的联系。这也是隔阂会随着世界各国的风俗习惯及思想的不断融合将逐渐减少的道理所在。

如若从执笔写作方面来比较日文与欧洲语言，用日文写作会比用欧洲语言困难一倍。其理由之一是所有欧洲语言都是言文一致的，可以将自己的思想直接书写成文，但是日文就需要先在脑海中构建体系，还必须斟酌思考执笔时如何遣词用句，也就是说它是双重的劳动。并且，日文执笔时还需要用笔写作，这也需要花费极大的工夫，欧洲语言即使用最简易的草书写成后交给印厂也可以迅速组成文字。不仅如此，他们还有速记技术和打字机，直接口述就可以立马成为文字，使用打字机的话还可以直接印刷出来。日本虽也有速记法，但是书写文体与口语文体有差异，口述表达汉字与假名交错的文体也是一件极其复杂的事情，更毋庸赘述无法直接使用打字机等问题了。西方的学者中也有不少人无法采用口述记录，但这是因为个人的写作习惯。据称司各特[①]在晚年就是采用口述的方式，在房间逍遥自在地构思以后口述让人记录下来。一般习惯口述的西方学者都采用让人记录的方式。不仅如此，即使政府或商用信件等都基

① 指18世纪末苏格兰著名历史小说家及诗人沃尔特·司各特爵士。——译者注

本上使用打字机，吾辈在欧洲期间著书或通信也大都采用这样的方式。如果实现言文一致，就可以一边闭目沉思一边口述成章，从集中思想来讲是最方便的。如此想来日文在思考和写作方面需要双重、三重的劳力，对作者来讲不得不说是一个巨大的损失。

摘自文艺志《文章世界》

博文馆

1906 年 12 月

译者　吉田庆子

# 后记

2014年笔者与学生翻译了《法窗夜话》，随后大家都有意犹未尽之感，因此开展了此项目的翻译。一开始只是《法窗夜话》翻译小组的几个主要负责人参与，原计划是以明治时期的散文为中心选择一些介绍日本风情世俗的文章，由于日本明治时期作品文体不统一，与“言文一致”运动发展后的现代文大不相同，加上一些古诗歌等夹杂其中，翻译的进程比我们预想得要缓慢得多。之后，学生们陆续毕业，又因大家工作繁忙，项目搁置了很长时间。2019年在编辑郭善珊女士的鼓励下，本人对原来的翻译稿进行了修改编排，并重组人员再次投入翻译工作，最终花费了一年半的时间才得以完稿。

这套作品共三册，分别是《京都的早市》《与太宰治共度的一天》和《雪的障子》。本来计划在东京奥运会期间出版，没想到中途受疫情影响，一切工作都不得不停顿下来，直到 2021 年赶在年底前陆续完成了最后的修改和校稿工作。得到近期将要正式出版的消息，想到大家多年的努力终于得以见天日，思绪万千，感觉既兴奋又惭愧。

日本的明治时代一般是指从 1868 年明治新政府成立到 1912 年明治天皇驾崩的 45 年时间。在这个时期日本国民经历了国内、国际政治的巨大变革。半个多世纪的时间里，日本改变了封建式的锁国政策，积极模仿欧美各国，引进立宪制度，将日本发展成为一个资本主义体制的近代国家，这些对大正、昭和时代的影响自然无需赘言。在这样一个瞬息万变的变革期间，日本文坛诞生了大量日后被誉为文豪的作家，留下了很多至今让我们百读不厌的跨时代的优秀文学作品。

这套作品集结的文章时代从明治到昭和初期，筛选出了具有时代特征的约 70 篇散文，是日本知识分子对人生、生命、文化、生活、艺术、社会、法律、语言、翻译等不同领域的理念、主张及日常生活的记录。文章清新雅致，文风幽默，寓意深刻，可谓篇篇都是珠玉良文。

参加本系列作品翻译工作的八名翻译大都是本人指导过的学生。他们都是在中国大学毕业后来日本留学深造的，坚实的汉语功底为他们从事翻译工作提供了很大的帮助。

蔡承纬出生于台湾省高雄市，他温厚寡言，随遇而安，因高中时接触游戏王卡片的游戏开始自学日语，其后又被日本动漫文化所吸引，对日本神话等领域也有所涉猎。中国台湾中兴大学毕业后，他于2012年赴日留学，在关西外语专门学校专攻中日口译笔译。他用悠缓的文笔向大家娓娓道出日本民艺运动的领袖人物柳宗悦所描述的京都早市风景。

陈怡如也是中国台湾中兴大学毕业后才来日本大阪求学的，之后任职于企业，从事有关生物专业书籍的翻译与校对工作。她翻译的作品《平民道》可以让大家详细了解新渡户稻造这位明治时期的教育家、政治家对西方民主政治的诠释和雄心抱负。

林巍翰在关西外语专门学校读书期间就已经是一位非常优秀的翻译了。他从中国台湾清华大学毕业后留日，现在作为专职的中日笔译工作者，已出版了二十余本译作。内容涵盖历史、政治、哲学、科普以及健康饮食等领域。他的作品《雪的障子》文采斐然，《空知川岸边》则把我们引到浩瀚无边的北海道，让大家领略自然的壮观。

涂丽君是江西南昌人，大学本科毕业后留学日本，在大东文化大学研究生院获得硕士学位。回国后主要从事日语教学及医疗翻译等工作。她翻译的《传而不习乎》可以让读者了解到日本艺术家北大路鲁山人先生对艺术的执着以及将陶瓷艺术和料理融为一体的艺术境界和审美意识。

谢咏臻出生于香港，大学毕业后就职，于 2011 年留日，继在关西外语专门学校专攻中日口译笔译，现在在日本工作、定居。她翻译的明治诗人冈本加乃子的《教育丈夫的十四种方式》让人忍俊不禁，而日本画家上村松园女士的《京都昔日》则把我们引领到京都幽美寂静的井深小巷，领略京都人生活的点点滴滴。

张辉是山东人，大学毕业后留学日本，在关西外语专门学校专攻中日口译笔译。毕业后进入大东文化大学研究生院深造，2022 年 3 月获得硕士学位。他擅长中日法律翻译，在校期间就曾参与法律专著《北航法律评论》( 中野次雄著 ) 的翻译工作。他翻译的有岛武郎先生的《命运与人》内涵深邃，引人思考。

张闻是广西贺州人，大学毕业后留学日本，2015 年就读于关西大学，专攻汉语教育学，2017 年 3 月获得硕士学位。同年进入神户市外国语大学攻读博士学位，专攻现代汉语语法研究。她翻译的太宰治的《酒的追忆》和丰岛与志雄的《盛夏幻影》都是欣赏价值极高的作品。

赵呈琦是陕西人，大学毕业后留学日本，进入关西外语专门学校专攻中日口译笔译，在校期间曾多次参与商务、旅游翻译工作，毕业后从事中日贸易等工作，于2019年取得名古屋商科大学商学院的MBA硕士学位。他曾作为小组负责人参与《法窗夜话》的翻译工作。他下笔灵巧，把科幻作家海野十三先生《空气男》中增子夫人的母老虎形象翻译得惟妙惟肖，栩栩如生。而宫泽贤治的作品《洞熊学校毕业的三人》则意义深刻，引人深思。

为了将这些美文介绍给中国读者，我和学生们都付出了极大努力。由于时间仓促，加上译者的水平有限，译文中难免会出现谬误与不当之处，欢迎各位老师、读者批评指正。

最后审稿时在解读古文诗歌方面得到了大东文化大学日本语学科日本古典文学专家藏中教授的支持和帮助，这次审稿还促成了一个新项目《宫泽贤治童话》多语言对译版日语读解系列教材的出版契机。

最后值此书付梓之际，对华中科技大学出版社编辑郭善珊女士的多年等待和鼓励表示由衷的感谢！

吉田庆子

2022年4月于大东文化大学研究室